反面教師

Illust. fame

原作最強のラスボスが主人公の仲間になったら？
Gensakusaikyo no Lastboss ga shujinko no nakama ni nattara?

「よかった……無事だったんですね」
アイリス・ルーン・アルドノア
原作小説の主人公である、
アルドノア王国の第二王女。
原作ではユーグラムを殺す人物で、
《神の御子》の一人。

「当たり前だろ？
俺が傷を負うことなんてないよ」
???
原作小説には登場しない、
暗殺者ギルドの一員（奴隷）。
暗殺者として育成された、
孤独なロリッ子。
「さすがパパ」
ユーグラム・アルベイン・クシャナ
原作小説 最強のラスボスである、
クシャナ帝国の第三皇子。
チート能力の《魔核》を持つ、
《神の御子》の一人。

「あ……あれ？　今、悲鳴が……」
川辺へ走ると、そこには……全裸のアイリスがいた。
月の光に映し出されたのは、
タオルで隠しても隠し切れない美しい白い肌。
腰や太もものあたりに付いた水滴が
光を反射してキラキラと輝く。近くには他に何もない。
水に浸かるアイリスは立った状態で俺を見つめる。
徐々に顔が赤くなっていった。
「ちょっと転びそうになっただけですよ！
見ないでください！」

ダッシュエックス文庫

原作最強のラスボスが主人公の仲間になったら?
反面教師

CONTENTS

Gensakusaikyo no
Lastboss ga shujinko no
nakama ni nattara?

序章 Prologue

「…………ん」

薄暗い世界に一筋の光明が差し込む。

そちらに手を伸ばすと、徐々《じょじょ》に意識が覚醒《かくせい》していった。

目を覚ます。

真っ先に視界に映ったのは、――見慣れぬ天井だった。

いや……これはただの天井じゃない。ベッドに取り付けられた天蓋《てんがい》だ。

「？」

天蓋？　なぜ、天蓋が俺のベッドに取り付けられているんだ？

あいにく、そんな高級ベッドを買える余裕は俺にはない。しがないサラリーマンで、高級ベッドが欲しいと思ったこともない。

疑問が脳裏《のうり》をよぎる。とりあえず上体を起こした。

視界が上から正面に切り替わる。

天蓋ではなく、部屋全体が見えた。見えて、——俺は驚く。

「どこだ……ここ」

天蓋だけじゃなかった。部屋全体が、見覚えのない内装に変わっている。

つうか内装だけじゃない。部屋自体も俺が知っているアパートの一室ではなかった。

黒を基調とした、赤色のラインが入った壁紙。アンティーク調のテーブルにソファ。家具を含めて全《すべ》てが高そうに見える。

まるで洋風の高級ホテルの一室みたいだ。俺は一度も泊まったことはないが、なんとなくそんな印象を抱いた。

「誰かいないのか？」

ひとまずベッドから降りる。

よく見ると、俺が着ている服もおかしかった。

寝巻きにしては無駄に装飾が凝《こ》っている。ぴかぴかと眩《まぶ》しい金糸《きんし》が編まれていた。

それに、立った感じにも違和感が。

前より身長が——少しだけ高い？

体つきもムキムキだ。腹に触れると腹筋がバキバキに割れている。

ありえないだろ。俺の不健康生活は、ぶくぶくに太りこそすれ痩《や》せるようなものではなかった。

それが、一晩寝ただけでマッチョになる？

ないない。ありえない。

自分がどういう状況に置かれているのか、ようやく理解した。

そうか、これは——夢だ。

夢だから自分の肉体が変わっていてもおかしくない。

見慣れぬ、高級家具の揃《そろ》う一室にいてもおかしくない。

きっと俺が望んだ理想の光景なんだろう。

別に質素であることを恨《うら》んだことも、高級品に囲まれて生活がしたいと思ったこともないが、夢に出るってことは、心の中でそれを望んでいたってこと。

あれかな？　ストレスでも溜《た》まっていたのかな。

次に目を覚ましたら、ちゃんと自分の体調を管理するように気をつけるよ。

だから早く覚めてくれ。自覚した夢など虚《むな》しいだけだ。

「…………」

しかし、俺の願望とは裏腹《うらはら》に、この夢はなかなか終わらなかった。

アニメやドラマでお決まりのやつをやるか。

両手で強く頬《ほお》をつまみ、引っ張る。

「——いだだだ⁉」

普通に痛みを感じた。割と鋭い痛みだ。
パッと手を離し、目を見開く。
まさか……。
「ゆ、夢じゃない!?」
こんなリアルな夢、ありえないだろ。
頬を引っ張って痛みを感じるなんてこと、ありえそうでありえない。
思えば視界も鮮明だ。匂《にお》いも音も感じる。
なら、俺はいったいどういうことになっているのか。
これが夢じゃないとすれば、肉体の変化に説明がつかない。
一応、念のために、部屋に置いてあった鏡の前に立つ。
もしかすると、何かしらの変化が確認できるかもしれないと思ったが……。
「――――」
鏡に映った自分の姿を見て、俺は絶句した。
言葉が出ないってこういうことなんだな。人生で初めての経験をした。
いや……これを自分の人生とカウントしてもいいものか。
なぜなら、俺は――――。

「ゆ、ユーグラムになってるううう⁉」

▼△▼

ユーグラム・アルベイン・クシャナ。

『聖なる勇者アイリス』という、ゲーム化もされた、原作のファンタジー小説に登場するキャラクターの一人だ。

文武両道、眉目秀麗《びもくしゅうれい》。魔力と呼ばれる謎物質がある異世界において、その魔力を世界で唯一《ゆいいつ》生み出すことができる天才。

生まれながらに勝利が約束されたクシャナ帝国の第三皇子。

別名――《神の御子《みこ》》。

まさに選ばれた人間って感じの、作中でもぶっちぎりに優遇されたキャラだ。それが今の俺。

しかし、こいつには致命的な欠点がある。

それは……ユーグラム・アルベイン・クシャナは――原作最強のラスボスである。

つまり悪役だ。最後には主人公アイリスに粛清《しゅくせい》される敵キャラクターなのだ。

「最悪すぎる……」

テンションはもうガタ落ち。

二次元大好きオタクだった俺でも、

『念願の異世界に転生したぜ！　やったね！　チート能力でスローライフするぞー！　無双《むそう》するぞー！　可愛《かわい》いヒロイン助けてハーレムを作るぞー！』

とはならない。

むしろ今すぐ首に縄《なわ》をかけて自殺したくなった。他殺より自殺のほうがマシだ。

だってユーグラムだよ？　悪役だよ？　ラスボスだよ？

確かにチート能力《魔核《まかく》》で魔力を生成できるし、この世界でいくらでも無双できる。

だが、ラスボスなのだ。最後には倒される宿命を背負った存在なのだ。

せっかくの異世界転生も、被《かぶ》った皮がラスボスでは転生した直後に死亡フラグが立つ。

おまけにユーグラムの性格は終わっている。ユーグラムが住む帝国も終わっている。

上層部はほぼ全員が腐っているし、毎日のように犯罪行為を繰り返している。

民から金を巻き上げ、借金などを作っては徴兵《ちょうへい》。集めた兵士たちは、今後の王国との戦争で使われる。どこまでも外道《げどう》だ。

そしてそのトップがユーグラム。

今はまだ第三皇子。皇太子になる直前の身分だ。

それでも皇帝に次ぐ権力を持ち、皇帝以外は誰もユーグラムの暴挙を止められない。

もうやりたい放題である。

　仮にこのまま何事もなくユーグラムとして日常を過ごした場合、まず間違いなく俺はアイリス——原作主人公に殺される。

　オワタ。

　何もしなくても目の前に死亡フラグがある。

　もしかすると前世ですでに死亡しているかもしれないというのに、転生した先でも死ぬの？　また次があるかもわからないのに？

　——無理無理無理無理無理ぃ！

　そんな現実、俺は素直に受け止めることはできなかった。

「こうなったら……やるしかねぇ」

　ぎりり、と奥歯を嚙《か》み締めながら同時に拳《こぶし》を握る。

　この手の物語の主人公が必ず行う、破滅エンドの回避を目指すのだ。俺がユーグラムとして生き残るにはそれしか道はない。

　逆に言えば、それさえ回避できればユーグラムのスペックはかなり有利に働く。一番の難点である性格も、俺が表に出てきたことで改善されるだろう。

　そうなると、ネックなのは帝国ってことで……俺は早速《さっそく》、一つの大きな決断を下した。

「——よし。王国に亡命しよう」

　王国への亡命。

王国には物語の主役たるアイリスがいる。

彼女は作中屈指《くっし》の善人だ。困っている人を見過ごせない。俺が必死に土下座《どげざ》して靴でも舐《な》めれば、王宮で匿《かくま》ってくれるかもしれない。

当然、向こうにもメリットはある。

王国側からしたら、目の上のタンコブである俺を味方にできる。帝国内部の情報でよければいくらでも話すし、俺を欠いた帝国ではどう足掻《あが》いても王国には勝てない。

なんなら、善政を敷くであろう王国のために働くのも吝《やぶさ》かではなかった。

アイリスのことは嫌いじゃないしね。むしろ好きだ。彼女を生かすため、俺も生き残るためには亡命こそが最善策だと思われる。

「そうと決まればさっさと準備するか」

思い立ったが吉日。

すでに外は暗い。たぶん、夜中に目を覚ましたんだろう。

急いで服を脱ぎ、私服を何着か奪って家出の支度《したく》を済ませる。

部屋の中には装備もあった。かなり高級品っぽいのでこれも拝借《はいしゃく》する。

「──ん？　これはなんだ？」

テーブルの上に小さな袋が置いてあった。それを手に取り、ユーグラムの記憶を漁《あさ》る。

「ふむふむ……なるほど。これは収納の《アーティファクト》か」

アーティファクト。

この異世界に存在する不思議な効果を秘めた道具のこと。

どうやって作られているのか、どこから出てくるのか。全てが謎に包まれている。

まあファンタジーものでは鉄板だな。それよりこのアーティファクトの効果、めっちゃ便利やん。

収納可能容量無限。生き物でないかぎりはなんでも詰め込める。おまけにいくら詰め込んでも袋自体の大きさと重さは変わらない。

まさに〇次元ポケットだ。

この中に服とか予備の装備とかをぶち込む。

部屋にあった家具もあらかたぶち込んだ。どうせなら持っていったほうがいいだろ。

「よしよし。あとは……特にないか」

必要な物は全て入れた。顔を隠すための仮面もある。もうここには用はない。

窓を開けて縁《へり》に足をかける。

勢いよく外へ跳躍《ちょうやく》すると、暗闇《くらやみ》に溶けるように地面へ降り立った。

念のために黒い外套《がいとう》を纏《まと》っている。まともに俺の姿を捉《とら》えられる者はいないだろう。

地面を蹴《け》って走る。

人のいない、音もしない世界を駆けた。

過ぎ去っていく景色。王宮を抜け出すと、寂《さび》しい街中《まちなか》をまっすぐに突っ切る。

わずかに速度を落として後ろを振り向くと、なぜか心が苦しくなった。

この苦しみは……きっとユーグラムのもの。

俺にとっては忌々《いまいま》しい国でも、本家ユーグラムにとっては祖国だ。離れることに不安と切なさが混じる。

それでも俺は足を止めることはなかった。

待ち受ける悲劇に立ち向かうべく、一心不乱に外を目指す。

街を囲む外壁の上に登って、警備の兵を次々に無力化していく。

——許せ。俺はまだバレるわけにはいかないのだ。

最後にもう一度後ろを振り返り、静寂《せいじゃく》に包まれた街並みを眺《なが》める。

「……さよなら」

小さく呟《つぶや》き、ユーグラムの記憶を引き出す。

そこに刻《きざ》まれていた魔力を操《あやつ》る感覚を得ると、覚束《おぼつか》ないながらも身体強化に成功する。

魔力とはあらゆる万物《ばんぶつ》の働きを強めるエネルギーだ。足に集束させれば、高さ数十メートルある外壁から落ちても——問題ない。

地面に着地し、再び勢いよく蹴った。

薄暗い夜の森へ入る。木々の隙間《すきま》を縫《ぬ》うように走り、ただただ……前を目指した。

一章
Chapter 1

静かな森の中を駆ける。

時間は深夜。そのせいで世界は光をほとんど失っていた。

端的《たんてき》に言って、月光すら遮《さえぎ》ってしまう森の中は恐ろしく視界が悪い。

その中でもわずかな情報を駆使して、最速で王国領を目指していく。

内心で、「ユーグラムの魔核《まかく》は便利だなぁ」と呟《つぶや》いた。

《魔核》。

ユーグラムが持つチート能力。

この世界で彼だけが持つ力。

その効果は、一種の炉心《ろしん》。自動で魔力を生成・供給してくれる能力だ。

体内にそういう臓器のようなものがあると解釈してくれて構わない。

常人《じょうじん》は基本的に外――大気中に漂う魔力をかき集めて魔力を練り上げる。

だが、魔核を持つユーグラムは自《みずか》らの体内にその魔力がある。つまり、ユーグラムは地形や状況、味方の数などに左右されることなく魔力が使えるのだ。

非常に無駄がない。かつ、血液のように常時魔力が生成され続ける。

もちろん魔核の能力にも限界はある。心臓みたいに膨大《ぼうだい》な血液《魔力》を一度に送り続けることはできない。

常人より遥《はる》かに優秀で強いが、神のようになんでもできるわけではないのだ。

まあ、だとしても作中ぶっちぎりでユーグラムが強い原因は、間違いなくこの魔核による魔力供給にあるわけだが。

ちなみにこの世界に《魔法》という概念はない。

魔力を操《あやつ》って物体を強化したり、魔力そのものに質量があるからそれをぶつけるのがセオリーだ。

いつか、魔力を魔法に変化させる方法を研究するのも面白《おもしろ》いかもしれないな。

「あ……そういえば魔力の操作って、具体的にどうやってやるのか理解はしてないな」

走りながらふと思った。

今、俺はユーグラムの記憶を読み取って辛《かろ》うじて魔力による身体強化を行っている。

魔核から供給されるエネルギーの出力が高いから上手《うま》くいっているが、別に魔力をスムーズに操作できているわけじゃない。

それで言うと制御《せいぎょ》能力も低いな。大量に魔力を消費しても最低限の効果しか発揮《はっき》できていない。

　これはいくらユーグラムの記憶を受け継いでいるといっても、一朝一夕《いっちょういっせき》にこなせるものではなかった。

　アドバンテージはあるだろうが、今後、俺がユーグラムとして生きる上で練習は欠かせない。

　しばらく走って疲れたら、早速《さっそく》、魔力の操作練習でもしてみるか。思い出したことの一つに、ぜひともやりたいことがある。

「あのバリアが使えるなら……だいぶ生存力は上がるぞ」

　やりたいことができると胸がワクワクする。

　これからどんな未来が待っているのかもわからないというのに、俺の中に不安はなかった。

　ただ未来への希望だけがあふれる。

「せめて、アイリスに会うまでには――《魔力障壁》を覚えておかないとな」


　帝都を出て数時間。

　魔力のおかげでほぼ休むことなく俺は走り続けることができた。

　車並みの速度で森を踏破《とうは》したから、そろそろ目的地の中間地点――王国領に入る頃だ。

　ここまで来ればそう簡単に俺を追ってはこれまい。

　近くに生《は》えている木の根に腰を下ろし、

「ふぅ……」

疲労を含んだため息を零《こぼ》した。

「さて、と」

休憩《きゅうけい》しながらでも魔力の鍛錬《たんれん》はできる。

まず、俺に必要なのは明確なイメージだ。要するに過去の記憶が重要ってこと。

ユーグラム・アルベイン・クシャナには、原作で主人公たちが苦しめられた技《わざ》の一つ——絶対防御《ぼうぎょ》と言えるほどの《魔力障壁》があった。

これは魔力を壁のように、盾《たて》のように展開することで、物理攻撃を防御する文字どおりの障壁だ。

ユーグラムには魔核がある。だから誰でも使える魔力障壁が、ユーグラムほどになると脅威《きょうい》的なものになる。

実際、これを突破するためにアイリスたちはかなり苦労していた。

今の段階で習得しておけば、俺を殺せる者は、ほぼほぼいなくなるだろう。

もちろん、魔力障壁も無敵ではない。防御できない攻撃もあるが、大抵《たいてい》の物理的な攻撃は遮《しゃ》断《だん》できる。覚えておいて損《そん》はない。

「えっと、確か……原作の説明だと、自分の周りに薄く膜《まく》を張るように展開するんだっけ？」

アイリスたちも使っていた防御技だ。原作でも少しだけ習得方法が記されていたはず。

ちなみにこの魔力障壁、普通は前方にしか展開できない。

なぜなら、全体に展開すると魔力消費量が多くなって、その分防御力が低下するからだ。

しかし、魔力量に余裕のあるユーグラムは、全体に展開し、なおかつ二十四時間持続するように設定していた。

「んー……んん？」

なんだろう。内側に宿る魔力の感覚はわかる。それを上手く引き出すことも可能だった。だが、それを体外へ放出し制御しようとすると難しい。

これは一筋縄《ひとすじなわ》ではいかないな……。

休憩時間を全部使って、俺はひたすら訓練に励《はげ》んだ。

どうせ他にやることもないし、周囲は暗くてどこを見ても面白くない。

元来、熱中すると凄《すさ》まじい集中力を発揮するタイプの俺は、気づいたら辺《あた》りが明るくなるまで魔力障壁の練習をしていた。

顔にわずかな陽光が当たったことで、ずいぶんと時間が経《た》っていたことに気づく。

「あ……やべ。思わずハマッてしまった」

俺が練習を始めたのが真っ暗な暗闇《くらやみ》の中。そこから朝陽《あさひ》が出てきていることを考えると……

数時間は熱中していたな。

睡眠時間とすると短いが、休憩時間にしては長すぎる。

無駄――ではないが、これなら走りながらでもやれそうだ。なんとなくコツも摑《つか》んだし、ここから先は移動しながら魔力の操作と制御の訓練を行う。

こういうの、嫌いじゃなかった。

▼△▼

「うん？」

走ることとさらに数時間。

明るい日差しが森を照らし、見晴らしがよくなったところで、俺は唐突《とうとつ》に足を止めた。

――前方から生き物の気配がする。

ユーグラムの直感が告げていた。何かがいる、と。

「ちょうどいい。魔物だったら魔力障壁の実験をしてみるか」

この世界には《魔物》と呼ばれる悪《あ》しき存在がいる。動物型だったり、人型だったりとその姿は千差万別。ファンタジーものでお馴染《なじ》みのアレね。

ユーグラムは元から感覚が相当鋭いのか、しばらくその場で相手の様子を窺《うかが》っていると、予感に違《たが》わず、ざくざくっと雑草を踏み締めて数体の魔物が姿を現した。

灰色《はいいろ》の体毛に赤い瞳《ひとみ》。二メートルほどの巨体で犬のようなシルエット。間違いなく狼《おおかみ》――動物型の魔物だ。

「グルルルッ！」

「おーおー、マジで魔物がいたのか。凄《すご》いな、ユーグラム」

君って高性能な機械だったりしないよね？

索敵《さくてき》能力もさることながら、不思議と魔物を前にしても心は乱れなかった。

震えたのは最初だけ。すぐにユーグラムの精神は冷静さを取り戻す。

記憶によると、ユーグラムはすでに何度も実戦経験を積んでいる。だから、魔物が現れても取り乱すことはない。

つうかユーグラムは初めての戦闘時にも動揺しなかった。マジで化け物だ。

「ひとまず、魔力障壁展開っと」

魔力を体外へ放出。膜のように、壁のように、盾のように球体状に展開して制御する。

これで魔物の攻撃を防げるようなら問題ない。防御できなかったらその時また考えよう。

攻撃を喰《く》らうことも想定して、体全体にさらに魔力を巡《めぐ》らせる。消費量はえげつないが、安全策は大事だろう。

「グルアッ！」

魔力障壁の展開が終わった瞬間、戦いの火蓋《ひぶた》が切られる。

狼型の魔物三体がまっすぐに俺のもとへ向かってきた。

左右へ展開し、三体は同時に鋭い爪《つめ》を振るう。切れ味の良さそうな攻撃が俺の体に――。

「当たらなーい」

体の数センチ先、不可視の壁に阻《はば》まれて狼たちの攻撃が止まった。

魔力でできた障壁だけあって硬《かた》い、という感じではないらしい。スライムで防御してるみたいに、攻撃した側も弾《はじ》かれるような様子はなかった。

「ふんふん……なるほどなるほど」

なかなか悪くない性能だ。

今のところ、魔物たちにいくら攻撃されても傷一つつかない。これならもっと強い魔物に襲《おそ》われても平気だね。

「それじゃあ次はこっちのターンかな？」

にやりと仮面の下で笑う。

腰にぶら下げていた鞘《さや》から剣を抜き、それを構える。

敵はすぐに後ろへ飛んで距離を取った。これが自分たちの命を削《けず》るものだと認識しているらしい。

「へぇ、いい勘《かん》してるね。それとも知能が高いのかな？」

どちらでもいいが、攻撃する。どちらにせよ倒さなきゃ前には進めない。

剣術もまたユーグラムの記憶にあった。こちらは魔力の操作や制御と違って肉体が覚えている。

剣は問題なく振るえそうな気がした。

「グルアアッ!!」

再び狼たちが迫る。

先ほどの攻防で充分にお互いの実力差を痛感したと思っていたが、所詮《しょせん》は魔物か。学習せずに、今度は牙《きば》を向けてくる。

だが先ほどと同じく、狼たちの攻撃は俺に触れる直前で見えない壁に阻まれた。

魔物ながら困惑《こんわく》の表情が見てとれる。

「残念だったね。ラスボスに無敵系の防御技はよくあるだろ？」

無防備状態の魔物たちに、魔力を通した剣を振るう。

こうすることで剣の強度が上がる。それだけでも壊れにくくなる利点があるが、武器に魔力を纏《まと》わせる一番のメリットは、魔力そのものの殺傷能力にある。

魔力を強靭《きょうじん》に練り上げ、薄い刃《やいば》状にすれば鋼鉄すらも豆腐のように斬《き》り裂ける。だから剣士は武器に魔力を付与《ふよ》して戦うのだ。

鋭い一撃が狼たちの首を断つ。一瞬にして三体の魔物を殺した。

「おおっ。魔力障壁って俺の攻撃は素通りしてくれるのか」

どういう判定ですり抜けているんだ？

この手の作品でちらほら見かける設定としては、防御対象の選択——的な？

そのへんは原作の設定にも描かれていなかった。魔力なんてのは、ふわふわしたエネルギーだしね。どういう原理が働いてもおかしくない。それこそ神様の意思って話もあるくらいだ。

——とにかく。俺は初めての戦闘に勝利する。

別段、感動したとかそういうことはないが、スッと胸につかえていたものは取れた。

剣身《けんしん》に付着していた血を払い、鞘に納める。

倒した魔物たちの死体や素材は、冒険者ギルドという場所で売れるらしい。捨てるにはもったいないので、収納用アーティファクトの中に突っ込んだ。

最悪、アイリスたちと敵対することになって逃げた際、身分を偽《いつわ》って冒険者として生きるのも悪くないな。ユーグラムの能力なら、それで楽々生活できる金くらいは稼《かせ》げるだろう。

死体回収を終わらせ、再び俺は走り出す。

あと一日か二日もあれば王都に辿《たど》り着く。それまでの間、ひたすら走って魔力の訓練にも勤《いそ》しんだ。

王国への亡命を果たすべく走り出した俺の旅は、ブラック企業も真っ青なハードっぷりを呈《てい》する。

主に訓練だ。その内容が自分で言うのもなんだが過酷すぎる。

基本的に休憩以外の時間は走りながら魔力の操作や制御の訓練をする。ユーグラムの体は、魔力か魔核の影響で、ほとんど何も食べる必要がなかった。

睡眠もいらない。魔力で肉体を活性化していれば数日眠らなくても普通に思考は回る。

なので、アイリスに会うまでに最低限の鍛錬を自分に課した。

魔力障壁を展開し続け、道中、出会った魔物は全《すべ》て殺す。

そうして不眠不休のまま鍛錬を高速で積み上げていった俺は、とうとう――王都の前に辿り着いた。


「やっ――と見えたぞおおお！　王都ルミナス！」

森を抜け、崖《がけ》を登った俺の目の前に、遠目ではあるが巨大な外壁に囲まれた街並みが見える。

恐らくあれが王都ルミナス。アイリスたちが住むアルドノア王国の首都だ。

地図で何度も場所を確認したから間違いない。

「ここまで長かったな……。さすがに不眠不休で活動し続けるのは辛《つら》かった。肉体的には問題ないけど、さすがにベッドや風呂が恋しくなるよ」

ここまでの道中、ろくに水浴びすらできなかった。

体から変な臭《にお》いはするし、空腹もやってくるし、いろいろ煩悩《ぼんのう》があふれる。

それら全てを満たすために、俺はもうひと頑張りすることにした。

崖の上から飛び降りて、地面に着地するなり王都を目指す。

あと少しで目的地だ。

「問題はどうやってアイリスと会うかだが……ん？」

走っている途中、ふと、耳が音を捉《とら》える。割と近かった。

五感まで魔力の影響で強化されている俺の耳が、おおよそ百メートルほど離れたところで発生した音を拾った。

走れば一瞬だ。なんとなく気になってそちらへ向かってみる。

音の種類はたぶん武器。鉄の塊《かたまり》が何かとぶつかる独特の金属音が聞こえた。あと——人の声も。

どちらかというと、人の声に反応した。誰かが魔物に襲われているのだとしたら、場合によっては助けなきゃ可哀想《かわいそう》だからね。

そう思ってそちらに向かうと、思いがけない人物がいた。

反射的に近くの茂みに屈んで隠れてしまう。

——あ、あれは!?

美しい、腰まで伸びた白い髪。白はユーグラムの黒と対《つい》をなす色。

そして、遠くからでもわかる特徴的な瞳。時折見える彼女の瞳には、黄金のごとき輝きが宿っていた。

それは、まぎれもない神の御子《みこ》たる証《あかし》。ユーグラムと同じ瞳の色だった。

この世にたった二人しかいない選ばれた天才。そう、彼女は――、

「アイリス・ルーン・アルドノア!?」

この世界の主人公、アイリスだった。

▼△▼

王都近隣の森の一角。

そこで、俺は目当ての人物であるアイリスを発見した。

まさかの遭遇《そうぐう》だ。恐らく外にいる魔物を狩っているのだろう。訓練の一環《いっかん》か仕事かは知らないが、今も人型の魔物――オークと刃を交えていた。

「はあぁッ！」

彼女が手にする剣は、美しい純白のロングソード。

俺ことユーグラムも色は違うが似た剣を使っている。

そういう意図で製作陣が設定したのか、ラスボスと主人公は同じタイプの武器を使う。

「見たとこ……技量はまだまだぺーぺーだな」

オーク相手に負けることはないが、一撃で倒せるほどの火力はない。魔力をまといながら地道に相手の体力を削っていた。

「ユーグラムが十五歳なら、アイリスも十五歳……そりゃあ余裕で勝てるわけもないか」

まだ原作は始まってすらいない。恐らく帝国が宣戦布告するのが二、三年後。そのくらいになるとアイリスはかなり強くなっている。ゆえに、逆に考えると、まだアイリスは弱い。やろうと思えば、俺は簡単に彼女を殺すことができる。


——今、ここでアイリスを殺したら。


ふと、俺の脳裏《のうり》にそんな考えが浮かぶ。

アイリスはユーグラムにとって最大の敵だ。同じ神の御子たる黄金の瞳を持ち、アイリスは常人を遥かに凌《しの》ぐ才能も持っている。

まさにユーグラムとは真逆のキャラ。たった一人で戦うユーグラムに対して、アイリスは仲間を集めて勝利した。

しかし、そこに至《いた》るにはアイリスという希望の光がなくてはならない。アイリスが死ねば、ユーグラムに勝てる者はいなくなる。

だから、ここでアイリスを殺せば、俺は自らの死亡フラグ――破滅エンドを回避できるかもしれない。

「――――」

恐らく無意識に。俺の中に眠るユーグラムの意思が、その思考を、選択を肯定する。

すぐに思考は乱れたが、時すでに遅し。俺から漏《も》れ出た殺気を、魔物を倒した直後のアイリスが察知《さっち》する。

「ッ!?　だ、誰ですか、そこにいるのは！」

まっすぐに主人公の瞳がこちらに向けられた。

俺の姿は茂みに隠れて見えていないだろうが、先ほどの殺気は完全にやらかしだ。間違いなくバレている。

もちろん最初から彼女を殺そうとは思っていない。彼女がいなくなれば、圧政を敷く帝国を止める手立てが減る。

それに、俺はアイリスが好きだ。健気《けなげ》に頑張る、心優しい彼女が好きだ。いくら自分の未来のためとはいえ、そんな彼女を殺して幸せになれるだろうか？

答えは否《いな》である。

俺にアイリスは殺せない。俺の幸せな未来のためには、アイリスがいなくちゃ困る。だから殺さないし、ここは大人しく姿を見せることにした。

これ以上彼女に警戒《けいかい》されないためにも、両手を上げて茂みから立ち上がる。

彼女たちの前に、仮面をつけた怪《あや》しい男が現れた。

「……どなたでしょうか」

「怪しい者ではない」

「怪しい者以外には見えません。なんですか、その仮面」

「……趣味だ」

ですよねぇ！　絶対に突っ込まれるとは思ってました。

俺が帝都を出る前にパクッておいたこの不思議仮面。模様とか普通に気持ち悪い。でも、仮面をこのタイミングで取ると、彼女どころか後ろに控《ひか》える兵士たちにまで素顔がバレる。

それだけはまずい。できるなら、アイリスにだけ素顔と素性《すじよう》を明かしたかった。

「怪しいです。怪しすぎます。先ほどの殺気もあなたですよね？　いろいろと訊《き》きたいことがあるので大人しく降伏《こうふく》してください。暴れるのなら、こちらも実力行使に移ります」

アイリスが手にした剣を構える。

表情がマジだった。このままだと彼女と刃を交えることになる。全部俺が悪いだけにどうしたものかと悩む。

――結果。

俺は腰に下げていた剣を鞘ごと地面に捨てた。完全降伏態勢だ。

「ほら、武器は置いたから落ち着け。それと、もう少し俺に近づいて来てくれないか？　仮面を取って素顔を見せたい」

うーん、怪しい！

言動の全てが不審者極《ふしんしゃきわ》まりない。「こいつ絶対裏切る奴《やつ》やん！」って感想を俺自身で抱く。

だが、これ以上に上手い言葉が見つからないのも事実。もうそのまま貫《つらぬ》くことにした。

「妙に聞き分けがいいですね……怪しいです」

「俺は最初からお前と敵対する目的でここに来たわけじゃないからな」

「殺気を飛ばされましたが？」

「あれはただのミスだ。手が滑った」

「殺気を出すのに手は滑りません」

「たまに滑るだろ」

「怪しいです。怪しさ百倍です」

難しいわ！　言葉って本当に難しい。

あまりのもどかしさに頭がおかしくなりそうだった。それでも彼女との出会いを最悪なものにはしたくない。必死に交渉《こうしょう》を試《こころ》みる。

「ほ、本当にわざとじゃない！　最初は敵かと思っただけだ。それに、魔物もいたし……」

「……ハァ。わかりました」

「え？」

あっさりアイリスが矛《ほこ》を納める。

そんなすぐ信じていいの？　優しいというか、善人にもほどがあるんじゃない？

逆に心配になってきた。だが、俺にとっては都合がいい。ゆっくりと構えを解いて歩み寄る彼女の姿を見つめる。

「不思議とあなたから邪気を感じません。先ほどの殺気には驚きましたが、魔物がいましたし、しょうがないでしょう」

ごめんなさい。邪気はめちゃくちゃあります。あなたを利用して「贅沢《ぜいたく》な暮らしを満喫《まんきつ》するぜぇ！　いえーい！」とか思ってました。

アイリスの純真さに俺は心が削られる。

大人って汚いね……今の俺は十五歳の子供だけど。

「ひとまず仮面を取ってみせてください。話はそれからです」

「へへ。わかってますよ、旦那《だんな》」

「なぜ急に盗賊《とうぞく》の三下《さんした》感を出してきたんですか……」

「空気を弛緩《しかん》させようと」

「余計に怪しいです。いいから大人しく仮面を……ッ!?」

アイリスの動きが一瞬だけ止まる。

俺も気づいた。俺の背後にオークが立っている。先ほどアイリスが倒した奴の仲間か？

棍棒《こんぼう》を振り上げ、血走る真っ赤な瞳が俺を捉《とら》える。

邪魔だな。さっさと倒すか…と腰に手をやった瞬間、そういえば剣を地面に置いていたことを思い出す。

あ、やべ。

防御は問題ないが、このままだと反撃した際に手が汚れる。そう考えた俺の頭上に、オークの棍棒が振り下ろされた。

それを魔力障壁が防御する——前に、アイリスが間に割り込んだ。

「逃げてください！」

アイリスが剣でオークの攻撃を受け止める。

凄《すさ》まじい衝撃がアイリスを伝って地面に流れた。大地が砕《くだ》け、アイリスは苦悶《くもん》の声を漏らす。

「ぐうぅッ！」

いくらアイリスでも、まだ未熟な状態で、オークの攻撃を正面から受けるのは辛い。俺なら魔力障壁があったのに、助ける義理もないのに、それでも彼女は俺のことを守ってくれた。

しかも、アイリスは真っ先に俺に逃げるよう告げた。それはまぎれもない……自己犠牲《ぎせい》の精神。尊い心の表れ。思わず感動した。

「アイリス……」

「な、なぜ私の名前を!?」

オークの攻撃を防ぎながら、彼女は驚愕《きょうがく》の表情を浮かべる。

──そろそろ限界かな？

彼女が筋肉痛に苛《さいな》まれないように、その質問に答える前に目の前のオークを潰《つぶ》すことにした。

まずはアイリスの剣と鍔迫《つばぜ》り合うオークの棍棒に触れる。すると、アイリスへかかっていた重量が嘘《うそ》のように消えた。

「えっ!?」

「パワーには自信があってね」

さらに力を籠《こ》めてオークを押し飛ばす。

棍棒ごとオークは後ろに転がった。なまじ武器を手放さなかったからそうなる。

「えっと……剣、剣っと」

相手が起き上がるまでの間に、足元に置いていた剣を拾う。鞘から刃を引き抜くと、それに魔力を纏わせた。

薄く、それでいて強靭に魔力を練り上げる。

「グルアアアアッ！」

立ち上がったオークが叫ぶ。

今のやり取りで逃げないあたり、人型だろうと魔物の知能は終わってるね。

再び棍棒を握りしめて襲いかかってくるオークを一瞥《いちべつ》すると、前に出ようとしたアイリスを、武器を持っていないほうの手で制する。

「大丈夫。あんな雑魚《ざこ》にやられないから」

仮面の下でふっと笑う。その時、近づいて来たオークが棍棒を振り下ろした。

「ダメッ――！」

アイリスの悲痛な叫び声が上がる。

しかし、オークの攻撃は決して俺に届くことはなかった。

――魔力障壁。

見えない壁のようなものが、オークの攻撃を受け止める。それを見て、堂々と剣を振るった。

「ばいばい」

一刀両断。

たった一撃でオークの体は真っ二つになる。

静かに、まるで幹竹《からたけ》を割るようにオークの体は左右に分かれ、鈍《にぶ》い音を立てて地面に転がった。赤色が地面を染め上げる。

「お、オークを……一撃!? いや、その前に、今の防御は……魔力障壁？」

「さすがにわかるか。やるじゃん」

剣に付いた血を払い、アイリスのほうに振り返る。

彼女は力が抜けたのか、腰を地面に下ろした状態でなおも言葉を続けた。

「あ、ありえません！　あれほどの魔力操作に魔力制御、それに、何より——魔力量！　私より多く操《あや》れる人なんて初めて……」

「視野は広く持ったほうがいい。自分が最強なんて驕《おご》るのは早いよ」

ちなみに俺より強い奴はいない。原作最強だから（キリッ）。

「あなたはいったい……」

「今から正体を教えてあげるよ。きっと一目で俺が誰だかわかる」

そう言って仮面に手を添える。

仮面を外す前に、アイリスの前で膝《ひざ》を曲げ目線を合わせた。その後、するりと仮面を下げる。

全てを見せる必要はない。ユーグラムである証明は、彼女と同様、瞳を見せればそれで済む。

お互いの、黄金色の瞳が交錯《こうさく》し合った。彼女は俺の素性を理解する。

「そ、その瞳は……!?」

今の反応だけで充分だ。俺は仮面を元に戻し、彼女が立ち上がってから手を差し出す。

「改めて自己紹介をしよう、アイリス・ルーン・アルドノア。俺の名前はユーグラム・アルベイン・クシャナ。帝国の——元第三皇子だ」

「な、なぜ……帝国の第三皇子であるあなたがここに!?」

アイリスは俺の予想どおりの反応を見せてくれた。

いいねいいね。そういう過剰《かじょう》な反応を俺は求めていた。

ひとまず真っ先に、「お前がユーグラムか死ね！」と斬りかかられることにならなくて安心する。次いで、彼女から発せられた質問にも答えた。

「どうして俺がここにいるのか……なるほど、難しい質問だ。それに答えるには、相応の時間を要する」

「簡潔《かんけつ》にまとめてください」

「むぐっ……はい」

意外とブルーな反応してくるな。俺だって人間だから傷つくんだぞ!? だがいい。冗談はここまでにして、彼女のさらなる反応を見ることにした。

驚愕。懐疑《かいぎ》。その次は……恐怖。

「じゃあハッキリと告げよう。俺はお前を殺しに来た――と言ったらどうする？」

体から魔力を発して彼女を威圧《いあつ》した。後ろにいた騎士たちが、がちゃりと鎧《よろい》を揺らして突撃態勢に入る。

しかし、それを咄嗟《とっさ》にアイリスが手で制した。

「……その場合は、大人しく首を差し出すしかありませんね。今のあなたと私の力量差は明らかです。勝てない。それがわかりました」

「へぇ。意外なほど簡単に諦《あきら》めるんだな」

「この状態では、たとえ反抗しても殺されるだけでしょう。まさか、敵の総大将が攻めてくるとは思ってもいませんでした」

やれやれ、とアイリスは肩をすくめる。その額《ひたい》にびっしりと浮かんだ汗《あせ》は、俺の威圧を受けた結果だと思われる。

だが、彼女の瞳は決して絶望していなかった。口では諦めるようなことを言いながらも、瞳はギラギラと輝いている。

そういう顔ができるなら大丈夫そうだな。であれば、最後にまた驚愕で締めくるとしよう。

「――なんてね。ただのジョークだよ、ジョーク。アイリス、君を試させてもらった」

「私を……試す？」

「いきなり斬りかかってるような野蛮《やばん》な奴じゃ、こうして対話することもできないからな」

後ろからザックリ刺されても困る。俺の場合、後ろから攻撃されても守れるけど。

先ほど彼女が求めた答えを、たっぷり数秒ほど間を置いてから提供した。

「俺は――王国に亡命しに来たんだ」

「…………は？」

心底《しんそこ》意味がわからない、という風に彼女は首を傾《かし》げる。頭上には〝？〟が浮かんでいた。

ならば、ともう一度、俺は繰り返す。

「亡命。レッツ亡命！」

するとアイリスは、今度こそ俺の言葉を理解して、

「え……ええええ⁉」

盛大に叫んだ。

アイリスの悲鳴が、盛大に周囲に響き渡った。その様子に、後ろに控《ひか》えていた騎士たちは激しく動揺する。

だが、アイリスの許可が出ていないので動こうにも動けない。もどかしさを顔に出しながら、ジッとこちらを見つめていた。

俺はそんな彼らを横目に、ぷるぷる震えているアイリスに告げる。

「いきなり大声出すなよ。近所迷惑だろ」

すると彼女は視線を鋭くして、

「あなたが変なこと言うからでしょ!? それに、ここは外なので誰も住んでません！」

ツッコミを入れてくる。なかなか悪くない。

「別に変なことは言ってないけどな」

「言ったでしょ!? 王国に亡命するって！ 本気なんですか？」

「本気も本気。俺は生まれてこの方、一度も嘘《うそ》を吐いたことがないんだ」

「さっき吐いてましたよね」

「そんなことはもう忘れた。過去は振り返らない主義なんだ」

「言ってることがめちゃくちゃです……ハァ」

アイリスは疲れた声でため息を吐く。まるで俺の相手が大変そうに見えるが気のせいだよな?

「ダメだぞアイリス。ため息は幸せが逃げると言われている。あまり吐くものじゃない」

「誰のせいですか誰の。そもそも、どうやって王国に亡命するつもりで?」

「ん」

びしり、と俺はアイリスのことを指差す。

アイリスは無言でしばし俺の人差し指を見てから、

「なんですか、これ」

と無機質な声を発した。

俺は簡潔《かんけつ》に答える。

「だから、お前。お前が亡命の鍵《かぎ》」

「折っていいですか?」

「いいわけないだろ!?」

何言ってるのこの子!?

軽く戦慄《せんりつ》した。

アイリスってこんなことを言うような子だったのか……。物語を読むのと実際に話すのとでは、印象がだいぶ変わるな。

話し相手の俺がラスボスで帝国の第三皇子ってことも関係しているんだろうが。

「それならどういう意味ですか。抽象的すぎてよくわかりません」

「勘《かん》が悪いぞアイリス～。アイリスにお願いして王都に入れてもらおうとしているのだよ。あ、王宮に住ませてくれたら、なおいいな！」

びしりと親指を立てた。

「その指、折っていいですか？」

「だからダメに決まってるだろ!? 面倒《めんどう》になったら暴力に頼るのはよくないぞ！」

かなりバイオレンスな子だなぁ、主人公。俺の言い方も悪いのかもしれないが、事実、敵国の皇子である俺は、彼女に頼らないとどうしようもない。

他の人間にいくら懇願《こんがん》しても、兵士を呼ばれて即行で狩りが始まる。作戦名は皇子狩りだ。

「それを私が聞く理由はなんでしょう。メリットはありますか？」

「当然ある」

というかメリットしかない。

「なんですか、そのメリットというのは」

「まず一つ。帝国から俺が消える。いわゆる戦力の弱体化だな」

「他には？」

「二つ。王国側に力を貸してもいい。情報提供や俺自身が戦うのもあり。ただし、休みはいただく」

「……ほ、他には……」

「三つ。俺が超喜ぶ」

以上三点でパーフェクトプランだ！

みんな嬉《うれ》しくて誰も不幸にならないハッピーセット。完璧《かんぺき》すぎる。

「前の二つはともかく、最後のは完全にあなたのメリットじゃないですか」

「でもお前ら王国側からしたら、俺が戦場に立たないだけで充分にメリットがあると思うが？」

ユーグラムは最強だ。それこそたった一人で国を落とすこともできる。

そんな化け物が戦場から消えれば、いったいどれほどの命が助かるか。それを理解できないアイリスではないだろう。

彼女はやや視線を落とし、考える。俺を助けて相手の戦力を削《けず》るか、もしくは、ここで敵対して殺されるか。

普通に考えれば前者を選ぶしかない。だから、俺は強気に出ている。敵対するより味方として引き入れたほうがメリットが大きいよ、と。

まあ、仮に敵対の道を選んだとしても、俺はアイリスに手は出さない。彼女を殺すのはもちろん、傷つけることだってしたくない。

しばしの沈黙が流れ、再びアイリスの顔が上がる。その瞳《ひとみ》には、すでに答えが出ていた。

「本当に……あなたは私たち王国側に協力してくれるのですね？」

「贅沢《ぜいたく》な暮らしさえできるなら、何でも喋《しゃべ》ってやるよ」

「最初の時より要求がデカくなりましたね」

「ここぞという時にふっかけるのが趣味なんだ」

「悪趣味です……が、わかりました」

ハァ、と盛大にため息を吐いて、――彼女は笑った。

「あなたの提案を受け入れます。アイリス・ルーン・アルドノアの名の下《もと》に、ユーグラム・アルベイン・クシャナの平穏《へいおん》と贅沢な暮らしを約束しましょう」

スッと差し出された手。その手を摑《つか》み、握手する。

「ありがとう、アイリス。賢明な判断をしたな」

「それをあなたが言うんですか？　それに、もし私が裏切ってあなたを捕まえようとしたらどうするんです？」

「ふっ。俺は何者にも捕まえられない。最強だからな」

――ガチャン。

言い終えるのと同時に、俺の手に手錠《てじょう》がかけられた。ちらりと見て、次にアイリスの顔を見る。そしてまた自分の手を見て……、

「えええええ!?」

なにこれえええええ!?

「急になんで手錠!? 俺、何もしてなかったじゃん!?」

「いえ、俺は何者にも捕まえられないって言ったから、ちょっと試してみたくて」

「言葉の綾《あや》だろ!? カッコつけただけだよ！ っていうかいきなり手錠するとか頭湧いてんのか!?」

完全に油断していた。彼女と握手をするために魔力障壁の一部を切ったらこれだ。

パッとアイリスから手を離し、鉄製の手錠を素手《すで》で破壊する。

「おー……凄《すご》いですね。私でも魔力を使わないと簡単には壊せないのに。まるで魔物みたいです」

「最大限に失礼な奴《やつ》だな……鍛《きた》えればこれくらい余裕だよ」

「そういう問題でしょうか?」

「そういう問題なの」

手錠を粉々《こなごな》にし、改めて魔力障壁を展開し直す。これでもう、彼女は俺に触れることすらできない。

「いいからさっさと王都に行こう。いつまでもこの景色を眺《なが》めていたら、ため息しか出てこない」

「わかりました。仕事も一段落つきましたし、全員で帰りましょう。馬車の荷台はそれなりに揺れますよ。我慢《がまん》してくださいね」

「ああ。走ったほうが速いけど、ちゃんとアイリスの言うとおりにするよ」

「ふふ。意外と素直な人ですね。王都までは一時間もかからないと思います。正門は私がいれば抜けられるので、決してその仮面を取らないよう……いえ、フード被《かぶ》っててください」

「なんでだ」

今、明らかに仮面を外さないでください、って言おうとしてたよな？

人の仮面を見て態度を変えやがって。この仮面はなぁ！　元々、帝国の宝物庫《ほうもつこ》にあった曰《いわ》く付きのアーティファクトだぞ!?　超が何個も付くような激レアアイテムなんだぞ!?　それをなんだと思ってやがる。

「明らかにその仮面は怪《あや》しいです。実は魔物かと思って斬《き》りかかろうとしました」

「なんでだよ!?」

この仮面、まさか曰く付きだけじゃなく呪《のろ》いまで籠《こ》められてんの!?

原作ではまったく出てこなかった一品だから適当に選んでつけたのに……完全に間違ったチヨイスだったらしい。

でもお気に入りなので外さない。俺は俺だ。外套《がいとう》のフードを深く被り、アイリスの案内で騎士たちに囲まれながら馬車の荷台に乗る。

アイリスたちは馬で追走する。あくまで荷台は荷台。物を運ぶためのもので、同行した騎士たちは全員、馬に乗れる。だから、俺一人。ちょっと寂《さび》しかった。

馬車が走ること三十分。

アイリスが言ったように、本当にすぐ王都を囲む外壁が見えてきた。近づいてくる景色を視界に収め、荷台の中から感嘆《かんたん》の声を漏《も》らす。

「おぉ！　あれが王都ルミナスか」

アイリスと出会う前に見たのより当然近い。鮮明に見える。

中世ヨーロッパ風の白い外壁に、遠くにわずかに見える大きな門。まさに異世界って感じでやたらテンションが上がる。

帝国の風景？　ああ……あれは、マイナスイメージ強すぎて特に感想はない。さっさと出たい以外の言葉が見つからなかった。それゆえに、余計に感動している。

「まもなく王都に到着します。ゆー……あなたはそのまま大人しくしててくださいね」

「了解。それと、今後は俺のことを『ユウ』と呼んでくれ。そのほうがいいだろ？」

「わかりました。……ふふ」

「？」

何だかアイリスの声はどこか楽しそうに聞こえた。

その理由を俺は知らない。答えを得るより先に、馬車は王都の正門へ到着する。

「ようこそ、我がアルドノア王国の首都——王都ルミナスへ！」

正門を抜けて馬車が停《と》まると、眼前を行き交《か》う人々を見ながらアイリスはそう言った。

もはや俺のワクワクはピークに達する。

「ここが夢にまで見た王都かぁ！」

「夢に見るほど来たかったんですか？　帝国にも首都はありますよね？」

「帝都と王都じゃ天地ほど差があるさ。住民たちの顔が希望に満ちている……！」

「ふふ。仮面をしていて表情までは見えませんが、楽しんでいるようで何よりです。子供みたいで……可愛《かわい》いですね」

「なぁ、アイリス！」

「はい？」

馬に跨《また》がったままのアイリスに、俺は願望をぶつけた。たった一言に思いの全《すべ》てを籠める。

「観光してきていいか!?」

「ダメです」

きっぱりとアイリスに一刀両断された。だが、俺は諦《あきら》めない。

正門をくぐって王都に入るという目標は達成したので、俺が問題行動を起こさないかぎり観光くらい許されるはずだ。

そう思って馬車の荷台の縁《へり》に足をかける。

「それじゃあ行ってくる！　お迎えは夕方頃でお願いしまーす!!」

「あ、ちょっ!?」

アイリスが止めようとするが間に合わない。

俺は素早い動きで荷台から降りると、カサカサカサと人混《ひとご》みの中にまぎれていく。黒い外套を着てフードも被っているから、気分はさながら黒いあいつだ。G的なやつ。

後ろからアイリスの怒り声が聞こえてきたが、俺は止まらない。ささささっと通りの一角を駆け抜けていった。

胸には大きな希望が抱かれている。

▼△▼

兵士に捕まりました。

はい、即堕《そくお》ち～。

通りを走りきり、中央広場に立ち並ぶ露店《ろてん》を冷やかそうとしたら、タイミング悪く兵士に声をかけられた。

俺の仮面を見た兵士たちは、身を隠すような装いをしていることもあって問答無用に職務質問してくる。

挙句《あげく》、「俺は怪しくない！　ただ名前を名乗ることができず、顔も晒《さら》せず職業も不定なだけだ！」と叫んだら、怖い顔で「ちょっとこっちに来てもらいましょうか」と言われた。

完全に犯罪者扱いである。だが、俺には魔力障壁があった。兵士たちは俺の体に触れようとして、――しかし確保する直前でその勢いが止まる。

困惑《こんわく》し固まる兵士たちをよそに、生まれたての赤子のように駄々《だだ》をこねて地面を転がったら、騒ぎを聞きつけたアイリスがやって来た。

俺は助けを求める。魔力障壁を切って全力で王女様に泣きついた。

「アイリスううう！　このおっさんたちが俺を連行しようとしてええええ！」

「あ、アイリス殿下《でんか》!?　これはいったい……」

嘘泣きして叫ぶ俺。困惑する兵士の三人に囲まれ、アイリスは頭を痛めていた。

とりあえずと俺の腕を掴み、額《ひたい》に青筋《あおすじ》を浮かべながら兵士の問いに答える。

「申し訳ございません。この人は私の知り合いで、頭が弾《はじ》けてるような馬鹿《ばか》ですが、犯罪者ではありませんのでお許しを」

うわぁ、めっちゃキレてる。

言動からそれが伝わってきた。何より、アイリスの無理に作った笑みを見れば誰だって怒っているのがわかるだろう。

兵士たちも、

「な、なるほど……アイリス殿下の、お客さん……はは」

と乾いた笑い声しか出てこない。

まあそうだよね。王女の知り合いが往来でバブッたら確かに笑うしかない。それも、苦笑だ。

ギリギリ苦笑。本当なら全然笑えてないと思う。

「ユウさん。もう逃げないでくださいね？　今回の件、私はもう我慢の限界ですから」

「ひぃっ！　鬼！　阿修羅《あしゅら》！」

「意味わからないこと言ってないで！　さっさと王宮に行きますよ、お馬鹿さん！」

「はーい……」

まさか荷台を飛び出して十分ほどで捕まるとは思っていなかった。アイリスがいなかったら危うく大問題になるところだ。

彼女に感謝し、詫《わ》びるとともに大人しく連行される。

そして、歩くこと数十分。

王都の中でも一番大きな建物——王宮へとやって来た。

「もう勝手に外をほっつき歩かないでくださいね。次は庇《かば》えないかもしれませんよ」

「わかってるわかってる。今度は王宮内の探検に切り替えるから」

「殺しますよ」

「え？　ダメなの⁉」

「逆になぜ許されると思ったんですか？」

「だって……探検はロマンだろ⁉」

「ダメです」

「秘密の隠し部屋を探すのは……」

「ありません」

「勝手に宝物庫に入るのは……」

「処刑します」

　おぉ、なんてことだ。全部ダメじゃん。俺は何しに王宮へ来たんだ⁉

　……ああ、助けを乞《こ》うためか。目の前の建物があまりにも少年心をくすぐるからすっかり忘れていた。

「とにかく、何もしないで、大人しく私について来てください。わかりましたね？」

「……あい」

「なんですかその投げやりな返事。……今度、私が一緒なら探検くらいしてもいいですよ」

「⁉　ほ、ほんと？」

「ええ。あくまで私と一緒なら、ですけどね」

「嬉しいよ！　ありがとう、アイリス！」

満面の笑みを浮かべて彼女にお礼を言う。自分でも単純だとは思うが、アイリスの優しさに感動した。もうあまり迷惑をかけないようにしないとな！（かけないとは言ってない）。

「も、もうっ！　軽いんですから、まったく」

アイリスの頬《ほお》がわずかに紅色《くれないいろ》に染まる。

「とりあえず急ぎましょう。陛下《へいか》も首を長くして私の帰還《きかん》を待っていますから」

「子煩悩《こぼんのう》だからねぇ、陛下」

「ユウさん」

「はいっ」

ドスの利《き》いた声で言われて、俺はちゃんと口を噤《つぐ》んだ。


騎士たちに囲まれながら、俺は三メートル以上ある巨大な扉をくぐり、謁見《えっけん》の間《ま》に入る。

そこには、赤いカーペットが続く先、黄金の玉座《ぎょくざ》に一人の男性が座っていた。

髪をオールバックでまとめたその男は、アイリスと同じ白髪だった。鋭い視線をこちらに向けるが、アイリスを見た途端《とたん》、その頬が緩《ゆる》む。

「おお！　アイリスではないか！　もう外の魔物を討伐《とうばつ》したのだな」

「はい。つつがなく魔物は殲滅《せんめつ》しました」

「素晴らしい！　さすが自慢の娘だ。それにしても最近は、王都近隣で魔物の出没《しゅつぼつ》報告が多くて困る。例年の倍以上はあるぞ」

「それに関しては調査中です。今のところ、動物のような繁殖《はんしょく》期があるのでは？　と言われていますね」

「アイリスの口から繁殖……ふふっ」

「ユウさん？　何か言いましたか」

じろり。

小声でぼそりと呟《つぶや》いたはずなのに、数歩前にいたアイリスの耳はそれを捉《とら》えた。

びくりと肩が震える。首を左右に振って言った。

「いいえ。なんでもありませんっ」

「そうですか」

「む？　誰だ、その怪しい仮面の者は」

国王陛下がアイリスの後ろにいる、騎士に囲まれた俺に気づく。

怪しい仮面って……。

「この方は魔物から私を助けてくれたユウさんです。魔物討伐を少しばかり手伝ってもらいました」

「ある意味でアイリスを追い込んだユウです。自己紹介はこれくらいでいい？」

「いいわけないでしょう。しっかりと素性《すじょう》くらい明かしてください。陛下は信頼できる方です」

「？　なんだか話が見えないな……新しい騎士団のメンバーか何かかね？」

「いいえ。この方は――」


「――ユーグラム・アルベイン・クシャナ」


アイリスの声を遮《さえぎ》って、俺の声が謁見の間に響く。

ほぼ全員の視線が俺に注がれた。なんの声も動揺すらもない。ただただ、俺の次の言葉を待っている。ゆえに、俺はゆっくりとつけていた仮面を外した。

晒されたのは、アイリスと同じ黄金色の瞳。神の御子《みこ》である証《あかし》の、神と同じ瞳。それを見れば、猿《さる》だって俺の正体に気づく。

まず真っ先に、陛下の傍《そば》にいた兵士が槍《やり》を構えた。

「き、貴様っ！　よもやその顔、帝国の第三皇子か!?」

「なぜ王宮に敵国の皇子が!?」

「囲め囲め！　決して逃がすな！」

一瞬にして兵士たちから殺意を向けられた。あまり感じのいいものではないな。しょうがないとはいえ。

俺はやれやれと肩をすくめて、まっすぐに国王陛下を見つめる。

陛下は、俺ではなくアイリスを見ていた。

「あ、アイリス……これはどういうことだ？　なぜ帝国の第三皇子が……」

「私がここまで案内しました」

「どうしてお前が。その者は敵国の皇族だぞ？」

「知っています。それを承知《しょうち》で引き込みました。ユーグラム様を――味方にするために」

ハッキリとアイリスはそう断言した。

国王の顔色がわずかに険しくなる。まるで「戯言《ざれごと》を」と言ってるかのように見えた。

「危険すぎる。何を根拠にその者を信じるのだ。これから戦争が起こることは、お前も知っているだろう!?」

「ええ。ほぼ確実に帝国と戦争になります。向こうが、肥沃《ひよく》な我が大地を狙《ねら》わないはずもない」

「であれば――」

「だからこそ！」

キーン！

アイリスの大きな声が謁見の間に響き渡った。再び、全員の意識が、今度はアイリスのほうに向けられる。

「だからこそ、私はユーグラム様を味方につけるのです。この方が帝国からいなくなれば、間違いなく王国は勝利できるでしょう！」

「た、確かにそのとおりだが……信用できない。命を預けることなど、到底《とうてい》できぬ」

「まあ落ち着いてくださいよ、国王陛下」

俺はアイリスに加勢する。武器の柄《え》に手を添えている王国の騎士たちの間を通り抜け、アイリスの隣に並んだ。

そして、

「俺は絶対に裏切らない。別に何も企《たくら》んじゃいない。その証拠を見せることもできる」

「なんだと？」

「ほら、――こうしたら馬鹿でもわかるだろ？」

ズズズ。

体内の魔核《まかく》から莫大《ばくだい》な量の魔力を引き出す。

魔力を練り上げるのではなく、ただ魔力として放出・消費するだけなら、今の俺でも簡単だ。

結果、謁見の間にはありえないほどの魔力が充満した。もはやそれは、魔力による――威圧《いあつ》。

「な、なんだ……この魔力は!?」

俺以外の、その場にいた全ての人間が魔力によって威圧された。

立っていた者は膝《ひざ》を曲げ、意志の弱い者は倒れる。アイリスですら、俺の魔力の前では大粒の汗《あせ》をかきながら膝を床につけていた。

「こ、れが……ユーグラム様の、魔力……」

「わかっただろ？　これで。俺はお前たちを殺そうと思えば片手間《かたてま》にできるが、そうしていない。お前らが縋《すが》るアイリスですら、俺の足元にも及ばないんだ」

——今は、な。

いずれアイリスはそれなりに強くなる。もちろん生まれながらのチートであるユーグラムに比べれば弱いが、仲間と手を組めばユーグラムを殺せるほどの成長を遂《と》げる。

だが、それは言わないお約束だ。

「ぐっ！　なるほど……これが、貴様が言う証拠とやらか」

「ああ。理解したようで何よりだ」

フッ。

魔力は一瞬にして消えた。謁見の間に充満していた魔力の塊《かたまり》が、やがて虚空《こくう》に溶けてなくなる。

それぞれ、倒れた者を除いて、膝をついた者たちが立ち上がった。

顔色も汗こそ滲《にじ》ませているが、健康そのものだ。あくまで威圧は威圧。健康上の配慮も欠かしてはいない。これぞラスボスクオリティ。

「それじゃあアイリスの提案に納得してくれたな？　これから俺は王国の庇護《ひご》下に入り、その見返りとして情報でもなんでも教えてやる。それが交換条件だ」

「よろしくお願いします、陛下。ユーグラム様と敵対しても、犠牲《ぎせい》しか生みません」

「ううむ……」

完全には信用できない国王が首を捻《ひね》った。

一国の王だ。そう簡単に決められないのもわかる。だが、時間というのは貴重でね。このま
ま待ってても埒《らち》が明かない。

「すぐに結論を出す必要はない。精々《せいぜい》、じっくり悩んで答えを出してください、陛下？」

にやりと笑って俺はそう告げた。

どの道、王国側が俺に対してできることは何もない。それがわかっただけでも儲《もう》けものだ。

あるとすれば毒殺とか暗殺だろうが、どちらもユーグラムには効《き》かない。残念ながらな。

くるりと踵《きびす》を返し、用はなくなったと言わんばかりに謁見の間から出ていこうとする。

アイリスが、

「お、お待ちください！　ユーグラム様！」

と俺のあとを追いかけてきた。

彼女がそばに寄るより先に、国王の荘厳《そうごん》な声が届く。

「待ちたまえ、ユーグラム殿下」

ぴたりと足を止める。

国王の声色《こわいろ》は真面目《まじめ》なものだった。答えを出したのかと期待する。

振り返った俺に、国王は静かに言った。

「……よかろう。許可する。王の名の下に、ユーグラム殿下の亡命、ならびに王宮内での滞在を許可する。アイリス」

「は、はい」

「殿下の世話はお前に任せる。お互いに話すべきことがいろいろあるだろう。個室を与えるから、今はゆっくりしてもらってくれ」

「ありがとうございます、陛下。その懐《ふところ》の広さ、大陸一でございます」

ニコニコ笑いながらお礼を言う。俺の希望が全て通ったのだから最高の展開だ。

最後に、

「――あ、ちなみに……俺には毒は効かないし、暗殺しようとしてきたら返り討《う》ちにして殺すからよろしくね？」

とだけ告げて、俺はすたすたと謁見の間から外へ出た。もはや誰も、俺を止められる者はいない。

謁見の間を出て廊下を歩く。

前を歩いていた俺の隣に並んだアイリスは、どこか不貞腐《ふてくさ》れた顔で、

「もう！　ユウさんがあんなめちゃくちゃなアピールするから、せっかく穏便《おんびん》に済ませようと

思っていた私の苦労が水の泡《あわ》です！」

と、ぶーぶー文句を垂《た》れた。

俺はくすりと笑って素直に謝る。

「ごめんごめん。ああしたほうが早いと思ったんだ、本当に」

「確かに話はとんとん拍子《びょうし》で進みましたが、あれではユウさんに悪印象を抱いた人もいると思いますよ？　特に騎士は」

「だろうね。けど」

問題ない。だって、

「俺、最強だから」

負けるはずがない。隣に並ぶ少女以外が俺を殺すことは、ついぞ原作——公式でもありえなかった。

「なんですか、それ。もし自分より強い人が現れたらどうするんですか」

「俺より強い奴なんていないいないない」

いたら原作でユーグラムはやられていたよ。

それに、俺はさらなる成長を遂《と》げようとしていた。まだまだ、可能性は無限に広がっている。

「それより、俺の部屋はどこに用意されてるのかな？」

「ユウさんの部屋はとっておきの場所を予約しておきました」

「とっておきの場所？」

なんだか無性《むしょう》に嫌な予感がする。

気のせいかと思い彼女に詳《くわ》しく訊《き》こうとするが、

「楽しみにしててくださいね」

としか返してくれなかった。そのまま二人で歓談《かんだん》しながら隣の宮殿へ入る。

妙に人の少ない、それでいて金のかかった宮殿だ。造《つく》りがしっかりしている。

きょろきょろと周りを見渡しながらアイリスについて行くと、やがて彼女は足を止める。そして、その一室の前で。

「こちらがユウさんのお部屋です」

「へぇ。何が特別なの？　見た感じ普通の部屋っぽいけど」

がちゃりと扉を開けて中に入る。別段変わった物は置いてなかった。内装もいたって金持ちとしては普通だ。

「ふふっ。実は私の隣室なんですよ、ここ」

「……は？」

アイリスの爆弾発言に体が固まった。あんぐりと口を開いて彼女の顔を見つめる。

「な、なんで俺がアイリスの隣に？　一応、敵国の皇子なんだが？」

「今は仲間でしょう？　それに、ここが一番安全で監視もしやすいんです」

「嫌だ！　俺は断固として反対する！」

「王女の権限を使います。認めません」

花が咲いたような笑顔のまま、アイリスはさらりと言った。

絶望する俺の背中を無理やり押して、部屋の中に入れる。

「では、私は変装用のアーティファクトを取ってきますね。大人しくしててください」

「あ、ちょ！」

止める暇《いとま》もなくアイリスは部屋から出ていった。

俺が伸ばした右手は虚《むな》しく空を切り、周囲は静寂《せいじゃく》に包まれる。

「……横暴だ」

呟き、ため息を吐いてからベッドに腰を下ろした。

なんだか全てが彼女の思い通りだな。それも悪くないと思う自分がいることに我ながら驚いてしまう。

「これでよかったのかね。俺の選択は、間違っていないか？」

他の誰でもない、自分自身に問いかける。

残念ながら、答えは返ってくるはずもなかった。

ベッドに横になって、大人しくアイリスの帰りを待つ。

少しだけ瞼《まぶた》が重かった。

▼△▼

ユーグラムと別れたアイリスが、変装用のアーティファクトを取りに、廊下を歩く。

脳裏《のうり》には、先ほど別れたばかりのユーグラムのことが浮かんでいた。

「ふふ。なんだか、年甲斐《としがい》もなく騒ぎすぎましたね」

思い出すのはオークから助けてもらった時の記憶。

自分が助けるはずが、逆に助けられることになるとは思ってもいなかった。

「まるで、物語に出てくる王子様のようでした」

あの時、確かにアイリスの心臓は高鳴った。

成長するにつれて周りの目を気にして封印《ふういん》した懐《なつ》かしい絵本。その絵本は、お姫様が悪《あ》しき魔物から王子様に救われるというよくある話。その話が、アイリスは今でも大好きだった。

ユーグラムに助けられたとき、咄嗟《とっさ》にお姫様の状況と重ねたくらいに。

「私が……お姫様、か」

笑ってしまう。あまりにもおかしい。

けど、不思議と、心臓が痛いくらいに鼓動《こどう》を打つ。

顔が熱いのは、気のせいだと思いたい。

三章

Chapter 3

翌日。

これまでの疲れが一気に出たのか、昨日は珍《めずら》しく爆睡《ばくすい》した。いつ自分が寝たのかすら思い出せないくらい自然に、本能に従って眠ったようだ。

その結果、いつの間にか朝になっていて、朝になったら急にアイリスが俺の部屋に押しかけてきた。

バーン！　と勢いよく開かれた扉の音で目を覚まし、驚く俺に対して彼女は告げる。

「さあ！　早朝訓練の時間ですよ、ユーグラム様！」

「…………」

こいつはいったい何を言ってるのだろうか？

本気で頭の心配をした。しかし、アイリスは、

「なんですかその顔。まるでお馬鹿《ばか》な人間を見るようではありませんか」

と首を傾《かし》げる。

俺はジト目で彼女を睨《にら》んだまま、

「いや、そのまんま意味わからねぇんだよ。馬鹿なこと言ってないで寝ろください」

言いたいことをハッキリと伝えた。するとアイリスは、「しまった」というような顔を見せる。

「そう言えばユーグラム様……いえ、ユウさんには伝えていませんでしたね」

「何を」

「今日からあなたは、私の専属指南《しなん》役兼護衛《ごえい》役です」

「………はぁ？」

本当にこいつは朝から何を言ってるのだろうか。急展開すぎて頭痛がしてきた。

「俺はお前の指南役にも護衛役にもなった覚えはないぞ」

「私が勝手に決めましたからね」

「おい」

なんでやねん。ますます意味がわからなくなった。

「どうして俺がお前の指南役兼護衛役なんだ」

「そのほうがユウさんが立ち回りやすいかと思いまして」

「立ち回りやすい？」

「私の指南役で、かつ護衛役なら、いろいろと融通《ゆうづう》が利《き》きますよ。それに、一緒に行動してても怪《あや》しくないでしょう？」

「……ふむ。なるほど」

言われてみれば確かにそのとおりだ。俺もアイリスの近くにいて協力するとは言ってある。実際、帝国を打破するための協力は惜《お》しまないつもりだ。

それで言うと、指南役はともかく護衛役というのは実に都合がいい。

「そうだな。確かに悪くない地位だ。アイリスの近くにいても怪しまれない、かつ一定の信頼を置かれる」

「信頼はありませんけどね」

「うるさいよ」

俺だって仮面をつけてる怪しい男を、国王や文官たちが信用するとは思っていない。あくまで世間体《せけんてい》の話だ。

「それより、護衛役はいいが……指南役ってなんだ」

「剣術と魔力の指南役です。教える人のことですね」

「なぜ俺」

「私が知るかぎり、ユウさんはこの世界で最強です。そんな方に教わることができれば、私もまだまだ強くなれると思いませんか？」

「ほほう。目の付けどころは悪くないな。俺はまあ最強だし」

「でしょう？　だから沢山《たくさん》教えてください。これから早朝訓練に行きますよ！」

「——だが断る！」

ぴしゃりと元気いっぱいに拒否《きょひ》る。

彼女はわかりやすく表情を崩《くず》した。

「……なぜですか」

「俺は眠いんだ！　誰かさんに叩《たた》き起こされて、まだたっぷりと寝れていない！」

「夜になる前に寝ていたじゃないですか」

「なんで知ってんだ!?」

俺は間違いなく部屋の中で寝落ちしたはずだ。扉は閉まっていたし、部屋の前で別れた彼女が知るはずが……。

「アーティファクトですよアーティファクト」

「アーティファクト？」

なにそれ。

首を傾げた俺に、アイリスは深いため息を吐いた。次いで、懐《ふところ》から小さなイヤリングを取り出す。

「こちらです。昨日別れる前に、届けると言ったでしょう？　部屋に行ったら寝ていたので今日にしたんです」

「あー……そういえばそんなこと言ってたような」

寝る前の記憶はうろ覚えだったが、確かにアイリスが変装用のアーティファクトを貸してくれるって言ってたわ。

その前に寝ちゃったのか、俺。

「もう、しっかりしてください、ユウさん。仮面つけたまま寝てるし」

「これ外したらまずいと思って。あと普通に忘れてた」

つうか普通に人の部屋に入ってくるなよ。

ナチュラルにスルーしたが、不法侵入やんけ。

「最初は死んでるのかと思いましたよ。そうでなくても不気味ですから、今後はこちらのアイテムを使って変装してください」

そう言ったアイリスからイヤリング型のアーティファクトを受け取る。

早速《さっそく》仮面を外して着用すると、――特に変化はない。体に違和感もなければ、視界も変わらなかった。

「どう？　これでアーティファクトが発動してると思うんだけど」

アイリスのほうを見ながら訊《たず》ねる。

すると彼女は、

「ッ！　に、似合っていますよ……ええ」

と顔をわずかに赤く染めて視線を逸《そ》らした。

「いや、似合ってるかどうかじゃなくて、ちゃんとアーティファクトの効果は出てるのかが知りたい」

「は、はい……あちらの鏡で確認できます」

アイリスに言われたとおりに部屋の鏡で確認する。鏡面に映ったのは、白髪に青色の瞳《ひとみ》の青年。

黒から白へ。金から青に色が変わっていた。

「おお、すげー。これが変装用のアーティファクトの力か」

顔の輪郭《りんかく》などはそのままだが、髪と瞳の色が変わるだけでかなり印象が違う。

しかし……。

「俺はこの色でもイケメンだな。さっきアイリスも似合ってるって言ってくれたし」

「言ってません」

「え？」

なぜか急にアイリスが視線を逸らしたまま呟《つぶや》いた。

「いや、言ってただろ。間違いなく聞いたぞ」

「言ってません。似合ってるかも？　です」

「素直に認めろ。俺は誰もが認めるイケメン美男最強だぞ」

「敗北した気がして認められません！」

「なんでやねん……」

まあいいか。当初の目的どおりアーティファクトによる変装はできた。これで俺はもう、ユーグラムではなくただのユウだ。

王女様の護衛で、なおかつ指南役でもあるっぽいが。

「それよりユウさん」

「ん？」

「さっきの話の続きです。早朝訓練に行きますよ！」

がしっ。

思いきりアイリスに腕を掴《つか》まれた。俺が「嫌だ」と駄々《だだ》をこねる前に、アイリスは俺を引きずって廊下に出る。

「お、おいこら！　横暴だ!?」

「王女様からのありがたい命令ですよ～。護衛役兼指南役は黙って従ってくださいね～」

「横暴だ～！」

権力に逆らうことができない俺は、そのままアイリスに中庭まで引きずられていく。

廊下ですれ違う人たちの反応が、意外にも慣れた感じで絶望的だった。

これが主人公の所業《しょぎょう》かよぉ！

「さあ、木剣を構えてください、ユウさん」

無理やり中庭まで連れ出された俺。目の前では、木剣を構えてやる気満々のアイリスがいる。

アーティファクトを受け取る時に魔力障壁を解除しなきゃよかった……。アイリスの奴《やつ》、幸運スキルでも持ってるのか、俺が魔力障壁を解除したタイミングで毎回触れてくるんだよなぁ。

ある意味、ラスボスの隙《すき》を狙《ねら》ってるみたいで恐ろしかった。これが主人公補正というやつか……。

「ほら早くー！　構えないとこっちから攻撃しますよ」

「別にいいぞ。どうせ当たらん」

「むっ！　では行きますよ！」

木剣を手にした俺に対して、アイリスは全力で地面を蹴《け》った。素《す》の身体能力もなかなか高い。普段からしっかりと鍛《きた》えている証拠だ。

そして、そんな彼女から繰り出されるのは、上段からの一撃。当たれば頭蓋骨《ずがいこつ》が陥没《かんぼつ》しそうな一撃だ。それを見ても俺はガードの体勢どころか構えたりもしない。

一瞬にしてアイリスの木剣が俺に当たる――ことはなかった。

直前で、目に見えない壁に当たる。

「これは!?　ユウさんの魔力障壁ですか……！」

「正解。これがあるかぎり、ハンパな攻撃は俺に通じないよ」

「ズルくありません？」

「ズルくないズルくない。アイリスだって魔力使えばいいじゃん。使っても俺の魔力障壁は抜けないと思うけどね」

「……では、全力でいきます！」

ズズズ、とアイリスに魔力が集まる。

一度剣を構え直した彼女は、一歩だけ後ろに下がると、そこから怒濤《どとう》の攻めに入る。常人《じょうじん》には目にも留まらぬ速さで剣を振るった。

閃光《せんこう》のような斬撃《ざんげき》は、その全《すべ》てが俺の魔力障壁に阻《はば》まれる。予想どおり、彼女の攻撃は魔力障壁を壊すことはない。

「くっ！　どうしてこんなに……！」

「硬《かた》いのか？　俺には〝魔核《まかく》〟があるからな」

魔力障壁は物理的な干渉《かんしょう》は全て防ぐことができる。一時間殴り続けてもヒビすら入らない。

だが、確かにこのままでは面白《おもしろ》さに欠けるか。アイリスを手伝うと言った手前、手を抜くのもなんだかな。

しょうがない。

フッと魔力障壁が消える。次に打ち込まれたアイリスの攻撃を、直接俺が木剣でガードした。

「!?　魔力障壁が消えた？」

「このままじゃ面白くないだろ？　気が変わった。──ちゃんと相手するよ」

ぐっと木剣を握る手に力を籠《こ》めた。アイリスを後ろへ弾《はじ》く。

「だから魔力はなしでいこう。お互いに魔力を使って戦ったら、この辺《あた》りがめちゃくちゃにな る」

「……わかりました。ユウさんが相手をしてくれるなら、私はなんでも構いません！」

そう言って再びアイリスが地面を蹴る。一息で互いの距離を潰《つぶ》す。鋭い連撃が放たれた。

──首。右脇腹《わきばら》。左太もも。肩。腕。

一箇所でも傷つくと割とまずい箇所ばかり狙ってくる。殺意ありすぎるだろ！

アイリスの剣術は実に実戦に向いた型だ。大振りを消し去り、細かく相手の急所を狙う。魔物、人間両方を殺すことに特化した剣。

実戦によって磨《みが》かれたその刃《やいば》は、見事に俺の心をざわつかせた。正直、アイリスに狙われるというシチュエーションが精神的にくる。

──いかんいかん。ラスボスの気分に浸《ひた》るな。今は味方だ。きっと殺されないと信じてる。

その上で、俺はアイリスの攻撃を全て捌《さば》いた。どんな体勢で、どの位置から攻撃を打ってこようと問題なく、姿勢も体勢もほとんど変えることなくガードする。

徐々《じょじょ》にアイリスの表情が曇《くも》ってきた。

「どうしてっ！　どうして……こんなにも簡単に！」

攻撃が防がれるのか、だろ？

アイリスの気持ちはなんとなく読める。彼女はこれまで、自分以上の才能の持ち主なんて見たことすらなかったのだろう。実際、アイリスは魔力がなくても天才だ。

魔力チートを持つユーグラムが相手でも、魔力さえ使わなければ勝てると踏んだ。その結果がこれだ。

アイリスの攻撃は俺にかすりもしない。涼しい顔で防いでいく。そのことにわずかな不満と、――強烈な不安を感じている。

剣術にしろ魔力にしろ、自分では俺に勝てないのかもしれない。そう思う度《たび》に、アイリスの剣技は鈍《にぶ》っていく。

覇気《はき》が薄れる。勢いが死んだ。今の彼女に、どう足掻《あが》いても俺は倒せない。

「ダメだよ、アイリス」

「え？」

テンポが遅れる。

キレが落ちる。

視野が狭《せば》まる。

それらの要素が、俺に些細《ささい》な隙を突かせた。

――足を引っ掛ける。

ただそれだけで、アイリスはなんの抵抗もなくその場に転んだ。本人も何が起きたのかすぐには理解できない。地べたに両手両膝《ひざ》をつき、遅れてこちらを見上げる。

アイリスの首元には、俺の木剣の切っ先が添えられていた。

それは、敗北を意味している。

「私は……負けたの、ですか？」

「そうだな。この状況で魔力なしはキツいでしょ。アイリスの負けだよ」

突きつけるように彼女へそう告げた。

思った以上に相手にならない。本気でぶつかって、たった一手で負けた。その現実がアイリスの表情をさらに歪《ゆが》める。

「少しは……自信、あったんですけどね」

「筋は悪くなかったよ」

「本当ですか？　あっさり負けましたよ」

「それは俺が強かったからさ。落ち込む必要はない」

「ぐうの音《ね》も出ませんね……」

木剣を下ろし、彼女に手を差し出す。

アイリスは無言でその手を摑むと、ゆっくりと立ち上がった。意外とメンタルにきているようだ。それだけ自分の剣術に自信があったんだろう。

そんな彼女に、メンタルケアも含めて言った。

「だから落ち込むなって。これから強くなればいいだろ」

「……これから？」

「ああ。そのための──指南役なんだからな」

にぃ、と口角《こうかく》を上げて笑う。

アイリスの瞳に、再び熱いくらいの輝きが戻った。

「そ、それって……ユウさんが!?」

「しょうがない。協力するって約束したし、アイリスが強くなりたいなら俺も全力を尽くすよ」

「わぁっ！　ありがとうございます、ユウさん！」

「おわっ!?」

感極《かんきわ》まったアイリスが俺に抱きついてくる。彼女は鎧《よろい》などを着けていない状態だ。当然、女性特有の膨《ふく》らみが俺を襲《おそ》う。

「あああ、アイリス!?　さすがにくっつきすぎだろ!?」

「あはは！　今だけは特別に許しますよ！　サービスです！」

「酔ってんのかお前!?」

アイリスはすぐには俺から離れなかった。

幸せで、色んな意味でドキドキする時間は……およそ十分も続いた。

▼△▼

長らく俺を苦しめた？　アイリスによる抱擁《ほうよう》が終わりを告げる。

いつの間にか顔を真っ赤にしたアイリスが、そそくさと腕をほどいて俺から離れた。

申し訳なさそうに彼女は頭を下げる。

「ご、ごめんなさい、ユウさん。私、思わず感極まって……」

「い、いや……ごちそうさまでした」

「ごちそうさま？」

「ああ違う、こっちの独《ひと》り言。なんでもないよ」

正直、アイリスからの抱擁は最高のひと時だった。全身から活力が溢《あふ》れるように幸せオーラが滲《にじ》み出る。

もしかすると自分はにやけているのかもしれない。そう思うくらいにはヤバかった。

しかし、それを馬鹿正直に彼女に告げても、「変態！　痴漢《ちかん》！　セクハラ！」と罵《ののし》られる未来が見える。

俺の考えすぎだとは思うが、この童貞心《どうていしん》は奥底に秘《ひ》めておくに限る。

「そ、それより！　これからよろしくな、アイリス。お前が強くなれるよう頑張るよ」

「は、はいぃ……よろしくお願いします……」

お互いどこかぎこちない気持ちのまま、その日の訓練は終了した。

少し後、アイリスの部屋から大きな叫び声が聞こえたが、さもありなん。後から恥《は》ずかしくなったやつだ。

若干《じゃっかん》気まずい思いこそしたが、アイリスとの約束どおり、しっかりと彼女を鍛える。

翌日からも早朝訓練に駆り出され、寝巻きのまま廊下を引きずられたりと俺の慌《あわ》ただしい日々が始まった。

アイリスは努力家だ。俺もびっくりするくらい努力を怠《おこた》らない。基本的に早朝訓練は毎日行われ、二日目からは彼女の望みを受け入れ夕方からの訓練にも精を出した。

しかし、ここで一つの問題が生まれる。


俺の、休みも——ねぇ!!

そう。そうなのだ。アイリスが休まないってことは、アイリスの訓練相手でもあり、指南役でもある俺も休めない。

毎日毎日ブラック企業も顔面蒼白《そうはく》になるくらいの厳しい訓練が行われていた。

俺が「休まないのか」と言うと、

「私は大丈夫です！　訓練以外の時間は休んでますから！　ユウさんもそうですよね？」

と満面の笑みで言われた。

頭がおかしい。アイリス・ルーン・アルドノアは、その清楚《せいそ》な外見に似合わず、頭がアレだった。

強くなるためには訓練を沢山するしかないですよねぇ？　を地でいく脳筋《のうきん》だ。寝巻きのまま早朝訓練に巻き込まれるのも、俺が「着替えがめんどくさい」と言ったから。

「着替えが面倒《めんどう》？　では、寝巻きのまま訓練を行いましょう！　服装は関係ありません！」

とかなんとか。

もはや怖いよ、アイリス王女……。

たまらず国王の寝室に忍び込み、熟睡中の国王を叩き起こして、「アイリスの教育はどうなってんだおら」と問い詰めたら、

「アイリスは努力家で偉いなぁ。昔から何に対しても真面目《まじめ》で……」

といきなり父親の娘自慢が始まった。

本気で窓から蹴り落としてやろうかと思ったが、相手は国王なので我慢《がまん》する。そしたら侵入した件をアイリスにチクられて怒られた。

おのれ国王……次はその顔に落書きしてやる。そう心に誓《ちか》った。

そんなこんなで訓練尽《ず》くめの日々が二週間目に突入したあたりで、俺はアイリスに反旗《はんき》を翻《ひるがえ》す。


「ブラック企業反対！　社畜《しやちく》は休暇《きゆうか》を求めーる!!」


早朝、アイリスが部屋に来ることを見越して早起きして待っていた。その上で白旗《しろはた》を振りながら、入室して来たアイリスに全力で叫ぶ。

「……何してるんですか、ユウさん」

「そんな冷めた目で見るなよ!?　俺は大真面目なんだぞ!!」

「は、はぁ。それより訓練をしに行きましょう。早朝訓練の時間です」

「だからその訓練を休ませろって言ってるんだよ！」

「え？　休みなら毎日取ってるじゃないですか」

「この脳筋が!!　そういう休みじゃなくて、たまには普通に外出て遊びに行きたいの！　訓練したくないのおおおお！」

ジタバタとベッドの上で転がる俺。完全に絵面《えづら》がまずいことになっているが、そんなことより俺の休日だ。この脳筋にはハッキリ言わないと伝わらない。

「なるほど……そういう意味での休みでしたか」

ふむ、とアイリスは顎《あご》に手を添えて考える仕草《しぐさ》をした。

やった!?　ようやく俺の言葉がアイリスに届いたぞ！　感動で涙が出てきた。けど、

「わかりました。ではそれに関しては訓練をしながら考えるということで」

「なんでやねん!!」

アイリスは本当に頭がおかしかった。

どんだけ訓練したいの!?　もう病気だよそれは。

近づいて来るアイリスを「グルルルルッ！」と狂犬のように威嚇《いかく》する。

「あんまりワガママ言わないでください、ユウさん。私、困っちゃいます」

「困るのは俺だから!?　遊びに行きたいの！」

「むぅ……では早朝訓練のみ行い、夕方の訓練は不参加でも構いませんよ。お金も出します」

「さすがアイリス！　最高の女だぜ」

「なんて変わり身の早さ……」

内心で鬼畜《きちく》、畜生《ちくしょう》！　とか思ってたけど反省します。まさか金まで出してくれるとはね。

持つべきものは王族だ。

「ちなみに、遊びに行くなら私も同行します。珍しく今日は夕方まで仕事が――」

「――アイリス殿下《でんか》、よろしいでしょうか～」

コンコン、と部屋の扉がノックされた。

「あ、アイシャ」

ちらりとそちらへ視線を向けると、開いたままの扉の前にメイド服の女性が立っている。

彼女はアイシャ。アイシャ・ディア・カサンドラ。

カサンドラ伯爵《はくしゃく》家の令嬢だ。

アイリスの侍女《じじょ》らしく、俺が王宮にやって来た日から何度も顔を合わせている。

貴族令嬢にしてはどこか暢気《のんき》で楽観的な面白い奴だ。俺に対する偏見《へんけん》みたいなものもないし、穏《おだ》やかな大人の女性って感じがする。

「陛下《へいか》が執務室にお呼びですよぉ、殿下」

「無理です」

「……え？」

低く、底冷えするような声がアイリスの口から漏《も》れた。

アイシャは首を傾げる。

「今は！　無理、です!!　夕方頃に伺《うかが》うと伝えてください!!」

「で、ですがぁ……いくら王女殿下でも、陛下の指示に背《そむ》くのはぁ……」

「平気です。お願いだから今は放っておいてください！　お願い、アイシャ」

「殿下……」

アイシャはもはや苦笑するしかない。

瞳に宿る感情は呆《あき》れか慣れか。端整《たんせい》な顔にギリギリの笑顔を張りつけ、こくりと頷《うなず》くと、無言を貫《つらぬ》き、姿を消した。

おそらく国王陛下に報告しに行ったのだろう。大丈夫、あの人娘に甘いから。

片やアイリスは、ハァハァと肩で荒い呼吸を繰り返していた。

じろりと彼女の視線が正面の俺に戻る。

「よかったのか？　仕事があるなら別に来なくても……」

っていうか権力を不当に行使するなよ。可哀想《かわいそう》だろあの侍女。

「行きます」

「でも……」

「いいから行きますっ！　あなたは黙って従ってください‼」

キーン、とアイリスの絶叫が響く。

俺は耳を塞《ふさ》ぎながら、あまりの様子にこくこくと頷くことしかできなかった。

アイリスってこんなキャラだったっけ？

幕間 Interlude

カツン、カツン。

薄暗い地下室へ続く階段を、一人の少女が下りていく。

彼女は薄桃色の髪をフードで隠し、華奢《きやしや》で小さな体を外套《がいとう》で覆《おお》っていた。瞳《ひとみ》には光がない。

無機質な人形のように感情を殺して歩く。

しばらくすると、一本の通路の先に小綺麗《こぎれい》な扉が見えた。その扉を迷いなく開けると同時に光が当たる。

部屋の中には、三人の男女がいた。

ひょろとした眼鏡《めがね》をかけた高身長の男。胸元をこれでもかと露出《ろしゆつ》した妖艶《ようえん》な美女。そして、その二人に挟《はさ》まれる形でソファに座るひときわ大柄なドレッドヘアの男。

そのうちの一人、ドレッドヘアの男が少女に声をかけた。

「よう。戻ったってことは、ちゃんと情報を仕入れてきたんだろうな？」

「問題ない。標的――アイリス・ルーン・アルドノアが住む王宮の警備は大体こんな感じ」

淡々《たんたん》とした声で少女は答えた。次いで、懐《ふところ》から一枚の紙を出す。

ドレッドヘアの男はその紙を受け取るとすぐに開いた。内容を確認すると、

「……これで情報は全部か？」

じろりとドレッドヘアの男は少女を睨《にら》む。対する少女は、びくりと肩を揺らして言った。

「と、遠くからじゃ、それが限界――」

「あぁ!?」

ガツンッ！　という鈍《にぶ》い音が鳴った。

少女が殴られた音だ。

側頭部に衝撃が走り、少女はあっさりと床に倒れる。

「それをなんとかするのがお前の仕事だろうが！　誰がお前みたいな奴《やつ》を拾って育ててやったと思ってやがる!!」

「……ごめん、なさい」

痛みに悶《もだ》えながらも少女は小さく謝罪の言葉を口にした。その態度が気に食わなかったのか、倒れた少女を男は何度も踏みつける。

「クソがっ！　ろくに役に立たねぇ奴はいらねぇぞ!?　このグズ！」

ガンガン、ガンガンと躾《しつけ》は続き、やがて十回を超えたあたりで止まる。

少女はすっかりボロボロになっていた。だが、文句の一つも言わない。その様子に呆《あき》れた男

は、ソファに座り直して紙をもう一人の男に渡す。

「これが王宮の警備の位置ですか」

「ああ。不十分だがな」

「それでも厳重ですね。どうなされるおつもりで？　いくら依頼があったとはいえ、あのアイリス王女を殺すとなると……骨が折れますよ？」

「ククク、構わねぇさ。最強の神の御子《みこ》が相手だろうと、所詮《しょせん》は人間。暗殺の前では平等だ」

「問題はどこで襲《おそ》うか、ですね」

「だな。期限は決まってねぇ。のんびりやるのも手だぜ」

「しかし……なぜこのような直接的な依頼が我々の元に？」

「さあな。どうせ依頼主は帝国の連中だろうよ」

「いずれ起こる戦争のための布石《ふせき》ですか」

「間違いなくな。すでに奴らは、魔物を使っていろいろ実験とかしてるらしいぜ？　イカれてやがる」

乾いた笑いとともに男は答えた。そんな連中に手を貸そうとしてる自分もまた、同類だと言いたいのだろう。

眼鏡の男はやや興味ありげに首を傾《かし》げる。

「魔物の実験？　なんですかその面白《おもしろ》そうな話」

「詳《くわ》しくは知らねぇ。偶然聞いた話だ。最近、王国のとある村で――」

「ねぇ、それより！」

ダン、とテーブルを叩《たた》いて妖艶な美女が男たちの会話を遮《さえぎ》る。

二人は同時に女のほうを見た。

「報酬《ほうしゅう》はかなりの金額なんでしょ？　前金受け取ってたよね？」

「ああ。たんまりとな。帝国様々だ」

「ならお酒をたくさん飲みましょう！　イケメンを連れてきて遊ぶの！」

「別にいいが……外でやれ外で。ここは秘密のアジトだ。バレたらそいつ――殺すぞ？」

ドレッドヘアの男が女を睨む。長い付き合いだからか、女はビビッたりしない。

ニコニコと笑って言った。

「わかってるって～。お金、ちょうだいね？」

「はいはい」

男たちの会話が一段落つく。

魔物の話は置いといて、最後にドレッドヘアの男が、床に倒れた少女を見下ろす。

「おい、奴隷《どれい》。次はアイリスの行動を監視してこい。外に出てくるのを待って、出てきたらひたすら尾行だ。わかったな？」

「………了解」

少女は反抗しない。断ってもどうせ暴力を振るわれるだけ。それがわかっていたから、どんな理不尽な要求も呑《の》んできた。

また明日から、苦しい日々が始まる。

どうせなら……そのアイリスという女性に、全《すべ》て壊されてしまえばいいのに、と思いながら。

四章

Chapter 4

アイリスと別れて一時間後。

着替えを終わらせて玄関扉の前で待つ。

しばらく適当に考え事をしながら時間を潰《つぶ》していると、やがて、二階のほうからアイリスと侍女《じじょ》のアイシャが下りてきた。

彼女は普段とは違い私服に身を包んでいる。主に白を基調とした服装だ。金糸《きんし》が所々に編まれ、神々《こうごう》しい外見のアイリスによく似合っていた。

今回は完全お忍びなのか、その神々しい外見もすぐにアーティファクトで隠されてしまったが。

「ど、どうでしょうか……ユウさん」

アイリスが俺の前に立つなり感想を求めてきた。ここは男としてそれなりに正しい言葉を選ばないといけない。

やや悩んだあと、俺は正直に述べた。

「よく似合ってるよ。とても綺麗《きれい》だ。清楚《せいそ》なアイリスらしい服のチョイスだね」

「か、可愛《かわい》いだなんてそんな！」

あれ？　まだ可愛いとは言ってないような……いや、可愛いけどね？

「う、うん……可愛いよ、アイリス」

「ありがとうございます！」

「でも心配になるなぁ」

「心配？」

うーん、と呻《うめ》く俺に、アイリスが首を傾《かし》げた。

「普段のアイリスも恐ろしく可愛い。胸元をこれでもかと見せていてエッチだ」

「これでもかと見せてませんが!?」

「けど今の服装は……本当に可愛い。いつもと違ったアイリスが見れて俺は嬉《うれ》しいよ。嬉しいからこそ、あんまり他の野郎どもには見せたくない！」

言わば嫉妬心《しっとしん》というやつだ。俺の主人公が（俺のではない）！

「後半はともかく、前半の胸元云々《うんぬん》は批判では？」

「気のせい気のせい」

「……まあいいです。それより早く行きますよ」

「ぶーぶー。男の子のじれったい気持ちを返せー」

「我慢《がまん》してください。私だって……たまには、誰かのためにオシャレしたい年頃なんですから」

「え」

そう言って歩き出したアイリス。俺を無視して玄関扉をくぐると、

「ほら、ユウさん」

と彼女は頬《ほお》を赤く染めて笑う。

しかし、俺は彼女の先ほどの言葉に脳をやられていた。この状況でそれを言うってことは

……そういうことなのかな?

アイリス同様やや赤くなった顔を隠すように視線を逸《そ》らし、

「キツい一発を受けたなぁ」

と小さく呟《つぶや》いた。

急いでアイリスの隣に並び、俺たちのデートが始まる。

「いってらっしゃいませ、お二人とも」

俺もアイリスも揃《そろ》ってアイシャに手を振る。

いってきます。

王宮を出て正門を抜ける。

そこから先は徒歩だ。馬車で移動しては風情《ふぜい》がないとのこと。

別に途中まで馬車で行ってもいいとは思うが、今回ばかりはアイリスの考えを汲《く》んだ。

そんなわけで俺はアイリスの手を握る。握られたアイリスは、

「────!?」

その手をじっと見つめて絶句。動きを完全に停止させた。

「あ、アイリスさん？　もしかして握っちゃダメだった？」

困惑《こんわく》する俺に、無言のままアイリスの表情に変化が起こる。

落ち着いていたはずの彼女の顔が、またしても真っ赤に染まった。そして、同時に小刻《こきざ》みに体が震え始める。

明らかに異常事態だ。手を放そうとするが、万力《まんりき》みたいな力で摑《つか》まれてむしろ痛い。

刻々《こくこく》と時間が経《た》つごとにアイリスの握力が増していく。同時に手を放すことも難しくなっていった。

「ゆ、ゆゆゆゆゆゆ」

「落ち着けアイリス。俺の手が物理的に折れたらどうする」

一応、途中から魔力で手を強化している。万が一にも折れることはないが、それにしたって魔力を通さないといけないほどの握力って。

「ごめ、ごめめめ、わたっ!?」

「アイリス!?」

機械のようにバグッた反応を見せたあと、アイリスはぎこちない表情を浮かべたまま…倒れた。

ぎりぎり俺のカバーが間に合う。地面に背中がつく前に背中に腕を回して抱き寄せた。

しかし、それが最後の致命的な一撃になってしまう。

「――――」

アイリスは気絶した。なぜか、気絶した。

たぶん羞恥心《しゅうちしん》とか喜びとかそういう感情がメーターを振り切ったのだろう。どこか幸せなそうな表情で彼女は瞼《まぶた》を閉じる。

綺麗だろ？　気絶してるんだぜ。

▼△▼

気絶したアイリスが目を覚ましてから、俺たちは改めてデートを再開する。

「も、申し訳ありません……」

歩きながらアイリスが俺に謝罪した。

「さっきの気絶の件？」

「はい。まさかいきなり時間を無駄にするとは……」

「気にしてないよ。急に手を握った俺も悪かったしね。アイリスが嫌なら、手を繋《つな》ぐのは諦《あきら》め──」

「手は繋ぎましょう!!」

「うおっ!?」

俺の言葉を遮《さえぎ》ってアイリスは叫んだ。

足が止まり、彼女の顔が近づく。

「先ほどは思わず気絶してしまいましたが、今度こそ平気です！　王都には人も多く、迷子になったら大変ですからね！」

「ま、迷子……そっか、迷子は確かに大変だな」

すっと差し出されるアイリスの手を、俺はややぎこちない動きで握る。最初は勢いで握ることができたけれど、改めて握るとなると少しだけ緊張した。

だが、再び絡《から》み合う俺とアイリスの手。お互いにお互いの体温を感じて、

「えへへ。それじゃあ行きましょうか、ユウさん」

「あはは……了解」

どちらともなく笑った。

しばらく無言で通りを歩くと、やがて人で溢《あふ》れた中央広場へと辿《たど》り着く。

ここから東西南北に伸びる道によってそれぞれ特色が異なり、主にデートスポットというか買い物関係の店が多いのは西と南だ。

アイリスと俺はお忍びでもあるので、貴族が頻繁《ひんぱん》に利用する西は避けて南の通りへと向かった。

「見てくださいユウさん。あのお店。前にデザートを購入して食べたことがあります。とても美味《おい》しいですよ」

南の通りに入ってしばらく歩くと、アイリスは一つの店を指し示す。

そちらへ目を向けると、何やらクレープみたいな物を売ってる店があった。

「あれは……なるほど、クレープかな?」

「ご存知でしたか」

「名前はね。食べたことはないよ」

今世では。

「でしたらちょうどいいですね。私のオススメでもあるので、ぜひ一緒に食べましょう」

「了解。買って来ようか?」

アイリスがオススメするクレープ屋さんは、そこそこ人が並んでいる。アイリスに並ばせるのもあれだし、俺に任せてもらったほうが……。

「いえ、一緒に並びましょう。それがデートの醍醐味《だいごみ》ですよ」

「醍醐味なんだ」

それならしょうがない。

俺たちは手を繋いだまま一緒に列に並んだ。

いきなり不気味な仮面をつけた男が背後に来たため、前に並んでいる客の数名がぎょっとした表情でこちらを見る。

アイリスに脇腹《わきばら》を小突《こづ》かれた。しかし俺は無視を貫《つらぬ》く。関係ありませーん。

「次の方ど――おぉ!?」

複数人でクレープを作っているのか、思ったよりすぐに列がはける。

俺たちの番になり、やけにガタガタ震えている店の人に果物系のクレープを二つ注文した。

クレープはすぐに作られるが、二つともアイリスに渡された。解《げ》せん。

「うーん……いい匂《にお》いですね」

クレープを受け取ったアイリスは、一つを俺に渡してから匂いを嗅《か》ぐ。

片や俺は仮面を少し上へずらし、問答無用で一口食べた。すると、

「美味《うま》い！」

確かにアイリスがオススメするだけはある。甘い味が口いっぱいに広がった。

隣ではアイリスが俺と同じようにクレープをもぐもぐと食べながら、

「でしょう？　これがなかなかに侮《あなど》れないのです」

と嬉しそうに笑っていた。

「値段は平民基準だと少し張るけど、これだけ美味しいなら問題ないね」

「はい。甘味料はまだそれほど浸透していませんが、果物関係はここ王国でたくさん採《と》れますからね。供給は充分かと」

「そういうところも帝国とは違うなぁ」

「帝国では果物はお高いんですか？」

クレープ屋さんから離れながら、俺たちは話を続ける。

「うん。帝国だと物価高だよ物価高。首都近隣でいくつか飢饉《ききん》に陥《おちい》った村や街があったりしてね。他にも、軍事力ばかり強化してまともに内政をするつもりがない。そのせいで民は喘《あえ》ぎ苦しんでいる」

だが、貴族は貴重な食料を自分たちのために贅沢《ぜいたく》に使って食事を楽しむ始末《しまつ》。畑仕事なんかもほとんど無給で奴隷《どれい》にやらせている。

王国以上に奴隷の扱いは酷《ひど》い。

「それはまた……残酷ですね」

「そこの皇子だった奴《やつ》が言えた義理じゃないけど、だからこそ帝国は王国の領土を欲している。こっち側はかなり肥沃《ひよく》な土地だからね」

「渡すわけにはいきません。民が、父が、歴代の王族が築き上げた王国を」

ぐっとアイリスは拳《こぶし》を握り締める。

デートっていう感じではなくなったな。気を取り直して話を切り替える。

「ま、そんなわけでアイリスには頑張ってもらうよ。……デートの時にする話じゃなかったね」

「いえいえ。こういう話も面白《おもしろ》いものです。でも、確かにデートの時にする話ではありませんね」

「もっとデートっぽい……じゃあ、アイリス」

「？　はい」

「そのクレープ美味しそうだね」

「美味しいですよ」

「一口くれ」

「!?」

俺の一言に、アイリスの中で衝撃が走る。

「わ、わわ、私のクレープをですか!?」

「うん。交換でもいいけど、とりあえず一口ちょうだい」

あーん、と口を開いて待機する。

それを見たアイリスが固まる。

しょうがない。俺の片手はクレープで埋まっている。おまけにもう片方は仮面をずらして持っていた。これではクレープを渡してもらっても受け取れない。アイリスに食べさせてもらうしかなかった。

「あああ、あーん……あーん、ですか、これが⁉　あの⁉」

どのあーん？

真面目《まじめ》に、張り詰めたように言うアイリスがちょっと怖い。

自分のクレープを差し出すだけだよ？　別にやましいことじゃないし、そのクレープでおもいきり俺を殴ったりしないよね？　目を開けたまま、俺まで緊張しながらアイリスの様子を窺《うかが》う。

ややあってアイリスは震える手を動かし、ゆっくりとクレープを俺の口に運ぶ。

「あ、ああ、あーん……！」

目がマジだった。

顔は真っ赤になっていて、瞳孔《どうこう》は開かれている。手は震え、瞬《まばた》き一つしない。

なんだか彼女に浮気がバレて包丁を向けられているかのような緊迫感があった。もちろん俺は前世でもそんな体験をしたことはなかったが、ドラマなんかだと迫真の演技でそういうシーンあるだろ？　あんな感じだ。

ちなみにそれで言うと、アイリスは浮気したらガチで殺しにかかってくる――気がする。

それはそうと、もうクレープは俺の口に届く寸前だ。待ちきれず俺が口を少しだけ前に動かし、アイリスのクレープを一口齧《かじ》る。

「うん、そっちのクレープも美味しいな」

「〜〜〜〜！」

アイリスの顔がさらに赤みを強める。

ぱっと自分のクレープを引き戻し、頭から湯気を出していた。

それでも、

「ゆ、ユウさん！　次は私の番です！」

「アイリスの番？」

アイリスはさらに一歩踏み込んできた。

「はい！　ユウさんだけ食べさせてもらえるのはズルいと思います！」

「あー、まあね」

「だから次は私にお願いします！」

「残念ながらもう食べちゃったんだ、俺のは」

「殺します」

「重すぎる!?　嘘《うそ》だよ嘘。ほら、クレープはここに」

アイリスの瞳《ひとみ》からハイライトが消えたのを見て、慌《あわ》てて俺は片手を上げる。そこには食べかけのクレープが。

それを見てアイリスはホッと胸を撫《な》で下ろした。撫で下ろしたいのは俺なんだが？

「はいどうぞ、アイリス。あーん」

とりあえずアイリスに言われたとおりにクレープを差し出す。

彼女は落ち着きを取り戻しつつあったが、それでも緊張した面持《おもも》ちで俺の差し出したクレープを齧る。

咀嚼《そしやく》。

「……ごくん。お、美味しい、ですね」

アイリスはクレープを呑《の》み込むなり感動した表情を作った。

まだ頬は赤い。そんな表情で満足されると、不思議と邪《よこしま》な考えが脳裏《のうり》を過《よ》ぎる。ごほんごほんと咳払《せきばら》いして心を落ち着かせた。

「そりゃよかった。美味しいよな、このクレープ」

「はい！　今までで一番美味しい味でした」

アイリスも満足したようで何よりだ。

お互いに自分の分のクレープをささっと食べて、別の店へ向かう。その際、アイリスが、

「ふふ、間接――」

と何か呟いた気がしたが、周りの声にかき消されてよく聞こえなかった。

関節？　関節がどうかしたんだろう。

▼△▼

デートはつつがなく進んだ。

今のところ大きな問題もないまま、南の通りの半分ほどを過ぎる。その間にいくつかの店に立ち寄った。どれも食べ物や飲み物を売ってる店だ。

アイリスのオススメだけあってどの店も素晴らしいクオリティでびっくりした。頻繁に足を運んでいるのかな？

そんなわけで腹も膨《ふく》れてきた俺たちは、今度はひたすら歩いて他の通りへ向かおうとしたが、その前に俺がある物を見つける。

それは、ひっそりと壁際に設置された露店《ろてん》の品物。いわゆるアクセサリーと呼ばれる物だ。

たぶんそれを売っている女性店主の手作りなのだろう。そこそこの値段が付きながらも悪くない完成度だった。

「わぁ！　見てくださいユウさん、キラキラしてますよ」

「種類も多いな」

指輪からネックレス。イヤリングにブレスレットまである。

アイリスに似合いそうな水色から白、金色のアクセサリーまであって、ちょっと興味が出てきた。

「あらあら、お若いカップルさんね。恋人にプレゼントはいかが？」

「カッ――!?」

誤解されてアイリスが目を見開く。

その反応は違う意味で勘違《かんちが》いされそうだ。実際、店主の女性はくすくすと笑って、

「おやまあ。カップルというよりは……ふふ」

と意味深に笑っていた。

別にアイリスとはカップルではないが、ここは面白いので話に乗っかる。

「彼女にプレゼントがしたいんだ。何かオススメの物はあるかい？」

「ユウさん!?」

アイリスが驚くが今は無視する。店主なんてもうニヤニヤしていた。

「ふふ。彼氏くんのほうは変な仮面つけてるけど面白いじゃない。彼女さん、すっごい美人だし、こういうのはどうかしら？」

そう言って店主が示したのは、水色の指輪。いきなり指輪とか重すぎるだろ。なんつうもん選んでんだこの女。

アイリスも隣で、

「ぴえっ」

と声にならない声を上げていた。

最初はもっとソフトなほうがいいと思う。

「さすがにいきなり指輪はな……ネックレスとかでいいだろ」

「はぁ～～～！　ここぞでビビるタイプの子かい。厄介《やっかい》だよ、彼女さん。こういう彼氏はね」

「く、詳《くわ》しく！」

おいアイリス。変な商法に引っかかったりするなよ。

俺を置いてひそひそと話し合う二人。周りの喧騒《けんそう》がうるさくて二人の会話は聞こえなかった。

だが、その間にさっさと買うものを選んでおく。

俺が選んだのは水色のネックレス。金色でもいいと思ったが、やっぱり本来のアイリスにはこの色のほうが似合うだろう。変装中でも違和感ないし。

もちろんアイリスへのプレゼントだから俺の懐《ふところ》から金を出した。

「ほらアイリス。ネックレス。プレゼント」

すっと購入したネックレスを彼女に手渡す。

「ぶっきらぼうな渡し方だねぇ」

うるせぇよ店主。

アイリスは俺からネックレスを受け取る——ことはせず、じっと俺の顔を見つめた。

まさかの拒否!?

そう思ったが、どうやら違うらしい。

「ゆ、ユウさん！」

「は、はい」

「こういうプレゼントは、贈った側がつけるのがマナーらしいですよ！」

「……え？」

じろりと横を見る。

店主は俺から目を逸らして下手クソな口笛を吹いていた。

てめぇか、アイリスに変な知識を植え付けたのは。あながち間違いでもないが、ネックレスを俺につけさせるとは……ぐぬぬ。我ながら緊張する。

だが、アイリスはもうつけてもらう気満々だ。

くるりと踵《きびす》を返して後ろを向く。

「よ、よろしくお願いします！」

「りょ、了解……」

どうやら逃げ場はないらしい。

ここまできてつけなかったら、俺はとんだチキンボーイだ。アイリスもガッカリするだろう。

それだけは断固として避けたかった。

ネックレスを両手に持ち、金具を外してから彼女の首へ。ゆっくり、ゆっくりと心臓を高鳴らせながら再び金具を止めて——カチッ。

ネックレスがアイリスの首にかけられた。

「ユウさんからのプレゼント……」

アイリスは自分の首元にかかったネックレスに触れる。

振り返り、赤い顔のまま訊《たず》ねてきた。

「ど、どうでしょう……ユウさん」

「す、凄《すご》く似合ってる、よ」

ぎこちない返事しか返せなかった。だが、俺の気持ちは伝わったのだろう。

アイリスはにこりと笑って、

「ありがとうございます！　大切な宝物が……増えました」

とても愛《いと》おしそうにネックレスを見つめていた。

隣ではパチパチと店主が拍手《はくしゅ》をしている。うるさい。

「いやぁ、よかったですねぇ、お客さん」

「行くぞアイリス！　もう用は済んだ」

彼女の手を引っ張り、「お幸せに～」と抜かす店主から急いで離れた。

クソッ！　実に気まずい空気だ。

「えへへ……ふひ」

「ふひ？」

俺の気のせいか？　今、後ろでアイリスがおかしな声を出したように聞こえた。

きっと気のせいだと思う。


デートを始めて数時間。割と時間が経過した。

その間に、南の商店街はほとんど回り終えた。

露店では大量の食べ物や飲み物を購入して胃袋に突っ込んだ。かなり満喫《まんきつ》していると思う。

「ふぅ……結構歩きましたね、ユウさん」

「そうだな。少しだけ疲れたかも」

「あんなにたくさん食べるからですよ。もう」

「ははっ。大食いなんだ、俺」

「知ってます。ですが、健康には気をつけてくださいね？」

「心配してくれるのか？」

「ッ！　そ、そりゃあ……心配くらいしますよ。今は仲間なんですから」

「仲間……ね」

なんとも嬉しいことを言ってくれるじゃないか。

空に浮かんだ夕陽《ゆうひ》を眺《なが》めながら、ややしんみりとした空気になる。

その空気をアイリス自身が切り裂いた。

「そ、それでは！　私はそろそろ宮殿に戻ります！　やらなきゃいけない仕事があるので！」

「そういえばそうだったな。平気か？　俺がいなくても」

「ええ。問題ありません。私のことより自分のことを心配してください。大食いの不審者《ふしんしゃ》さん」

くすくす、っと笑ってからアイリスは踵を返した。

最後に、「ユウさんはもう少し観光を楽しんでくださいね」と言って王宮へ帰っていった。

その背中を見送る。

「うーん……アイリス・ルーン・アルドノア。いい女すぎるだろ」

口角を上げ満足げに笑う。

次、またアイリスとデートすることがあったら、めいっぱいアイリスの行きたい所に連れていこうと思った。

彼女の背中が視界から消える。

それを確かめてから、俺は仮面の下で真面目な表情を作って踵を返す。

アイリスが仕事で戻ってくれてよかった。これで気兼《きが》ねなく、俺はかねてからやろうとしていた計画に移れる。

「潰そ～、潰そ～。暗殺者ギルド～」

鼻歌を奏《かな》でながら路地裏の奥へと入っていく。

向かうのは南から東に逸れた居住区の一角。そこに、俺の記憶が正しければ面白い建物がある。

暗殺者ギルドの隠れ家がね。

今からそこに行く。ちょっと今後の展開で邪魔だから、——先に潰しておこう。

そう思ったのだ。

▼△▼

人通りの少ない路地裏をぐんぐん進んで行く。

商店街のほうはあれだけ賑《にぎ》わっていたのに、二十分も歩くとその喧騒も聞こえなくなる。

途中、ガラの悪い男女が道のいたる所で腰を下ろしていた。じろりと鋭い眼光が飛んでくる。

しかし、誰も俺に絡んでくる者はいなかった。

なぜなら——仮面。

アイリスにも兵士たちにも不人気なこの仮面が、今だけはめちゃくちゃ役立っている。

あまりにも不気味すぎて、ヤバいと思われる連中にすらヤバいと思われている件。

複雑な気持ちだが、今は助かっているので文句はなし。まだ食べ終えていないお菓子の入った紙袋を持ちながら、さらに奥を目指す。

やがて王国の民が住まう居住区に行き着く。

横長の家屋や、やや裕福な人用の一軒家などが視界に映った。

それを横目に、もっと人の少ない通りを選んで進む。すると、ようやく目的地に到着した。

居住区の一角。ひっそりと建物の間に建ち並ぶのは、微妙にボロい宿。

看板《かんばん》の文字は剝《は》げかかり、所々に傷が見える。

このどこにでもあるような宿こそが、——悪名高き暗殺者ギルドの隠れ家だ。

原作によると、この宿の地下に暗殺者ギルドの小規模拠点がある。時期的にアイリスの暗殺依頼が舞い込んできたあたりかな？　ストーリー開始前から準備してたはずだ、件《くだん》の暗殺者たちは。

そんなことを考えながら、迷いなく宿の中に入る。

受付で俺を出迎えてくれたのは、茶色の短髪くん。歳《とし》は二十代前半か半ばほど。爽《さわ》やかな笑みを浮かべて挨拶《あいさつ》してくる。

「ようこそお客様。宿泊ですか？」

うーん、この人妻いな。

暗殺者ギルドの隠れ家だけあって、その仲間である彼もまた一般人への擬態《ぎたい》がほぼ完璧《かんぺき》だ。殺意もスレた様子もなく、建物と同じようにどこにでもいる青年を装っていた。

普通なら彼を暗殺者だと断言できる者はいないだろう。俺とて感心した。

だが、その化けの皮もあっさりと剝がれる。俺の言葉によって。

「暗闇《くらやみ》から狼《おおかみ》が来る。真っ赤な狼がね」

「――っ！」

ピクリ、と受付の青年が明らかな反応を示す。

そこで冷静にスルーできないのが二流。本物の一流はスルーできる。ちなみに俺ならゲロ吐く自信がある。

「お前……そっちの客か」

急に青年の様子が変わった。目つきが鋭くなり、声も低くなる。

そっちが素《す》か。結構オーラが出てるね。

「ああ。暗殺者ギルドに用があってな。話がしたい。通してくれるか？」

「……いいだろう。そのふざけた格好《かっこう》は気になるが、あんたみたいな人はたまにいる」

「マジで？」

それはそれでまずいだろ。慣れって問題じゃない。半周回ってここのギルドメンバーに頭悪そうな印象を抱いた。

けど、計画に変更はない。

「食堂」と書かれた部屋へ向かう青年の背中を追いかけた。

さてさて、どうなることやら。


暗殺者ギルドの一員である青年とともに「食堂」と書かれた部屋に入る。

向かったのは厨房《ちゅうぼう》。その中に、隠し扉のようなものがあった。開かれた扉の先には、薄暗い地下室へと続く階段が。

それを見て、

「なーるほど。こういう風にアジトと地上を切り離していたのか」

と感想を口にした。

斜《なな》め前にいる青年に睨《にら》まれる。

私語は慎《つつし》めってか？　わかったわかった。両手を上げて首を横に振る。「ごめん」の意思表示だ。

それを察したのか、青年が横に退《ど》く。手で階段を示し、

「ここから先はまっすぐだ。万が一にも迷うことはねぇよ」

と告げた。

俺はお礼を言う。

「ありがとう」

すたすたと言われたとおり階段を下りる――前に。青年の前でぴたりと足を止めた。

「あ？　何してんだテメ――」

ガツン。

鈍《にぶ》い音を立てて青年が倒れる。

気絶させた。こう、首の後ろあたりを殴って。よくアニメや漫画で見るアレだ。

ぶっつけ本番で試してみたが、死んでいないようで何より。「首の後ろを強く叩《たた》くと、場合によっては死ぬ」とどこかで聞いたことがあるからね。

まあ、別に暗殺者ギルドのメンバーは他にもいるし、一人くらい死んでも構わないけど。

倒れた青年を担《かつ》ぎ上げ、改めて階段を下りていく。暗殺者ギルドのメンバーには、一人たりとも逃げられたくなかった。

▼△▼

薄暗い地下通路を歩く。青年が言っていたように、アジトへ繋《つな》がる唯一《ゆいいつ》の道だった。

迷いなく一つの扉を発見する。

コンコン。コンコン。

マナーを守って扉をノックすると、

「誰ですか」

扉の向こう側から声が聞こえた。

またしても若い……こともない男性の声だ。

俺は答える。

「お客様だ。扉、開けるぞ？」

返事を待たずに扉を開けた。

そこには、広々とした空間が。天井に取り付けられた明かりに照らされ、生活感あふれる室内が視界に映る。

さらに、俺の目には三人の男女が映っていた。恐らく俺のノックに返事をした背丈《せたけ》の高いもやしみたいな男。胸元をぱっくりと開けたセクシーな女。

そして、ソファに座るガタイのいいムキムキのおっさん。ドレッドヘアだ。

「あなたねぇ……依頼人だとしても礼儀くらいは守ってください——って、それ、ウチの部下じゃないですか！」

ひょろもやしが俺の担いでいる青年に気づく。

うるさいので投げて返してやった。

「ほら、あげる。勝手に転んで気絶しやがったんだよ。看病《かんびょう》が必要だと思って持ってきてやった。感謝してくれ」

「か、勝手に転んだ？　嘘くさいですね……」

ひょろもやしがくいっと眼鏡《めがね》を持ち上げる。

その眼鏡を叩き割ったら怒るかな？　怒るよね。

「なんでもいいが……お前、本当に依頼人か？」

「いいや？　話があるとは言ったが、依頼を持ってきたわけじゃない。ゆっくり語ろうぜ？」

荷物がなくなって軽くなった。もう片方の手に紙袋を持ったまま、ドレッドヘアの男の対面に座る。

ソファがわずかに軋《きし》んだ。ドレッドヘアの男の目つきが鋭くなる。

「あいにくと、俺は依頼人としか話はしない主義でな。お前、殺されに来たのか？」

「そんなわけないじゃん」

仮面を少しだけズラして紙袋のお菓子を食べる。ぽりぽり。ぱくぱく。

「話がしたいって言っただろ？　面白い内容だから聞けよ、な？」

にやりと口元に笑みを刻《きざ》んだ。より一層、男の表情が鋭くなる。

だが、どれだけ俺を威圧《いあつ》しても無駄だ。ラスボスはビビらない。むしろ訊《き》きたいことが増えたくらいだ。

しばしの沈黙のあと、男は口を開く。

「……いいだろう。お前はなかなか面白そうだ。話を聞いてやる」

「よかったよかった。暴力沙汰《ざた》は嫌いなんだ。それで君に訊きたいことがあるんだけど、まずいいかな？」

「なんだ」

「その髪……どうやって頼んでるの？」

ビキッ。

男の額《ひたい》に青筋《あおすじ》が浮かぶ。元から鬼みたいな人相だからより恐ろしげになった。殺意まで向けられてさすがの俺も驚く。

「待て待て！　まさかその髪の話は最大のタブーだなんて言わないよな？　だとしたらごめんよ。謝るからさ」

自分の髪の話をされるとキレる人もいるよね。暗殺者ギルドのリーダーっぽい男がそんな短《たん》慮《りょ》だとは思わなかったけど。だから驚いた。

「テメェ……あんまり舐《な》めてると殺すぞ、今」

「はいはい。ちゃんと用件を話すから許してよ。怖いって、その顔」

別に煽《あお》ったわけじゃない。本当にドレッドヘアってどうやって作るのか気になっただけだ。

それに、他にもセクシーなお姉さんのおっぱい事情とか知りたい。教えてくれない…か、さすがに。

次は殺す、みたいな雰囲気《ふんいき》を感じたので真面目に話を切り出すことにした。

「話っていうのはね、君たち暗殺者ギルドが抱えている依頼に関してだ」

「あ？　依頼に関してだと？」

「君たち……アイリスの暗殺依頼、請《う》けたでしょ？」

「ッ」

サアアァァ。

空気が一変する。目の前の男はこれまでとは違って冷静になっていた。静かに、ただ俺の顔を見つめる。

一番の地雷《じらい》を踏み抜いたと見て間違いないな。そして、彼らの沈黙が答えを表していた。

「沈黙は肯定ととるよ？　まあ、最初からわかった上で来てるんだけどね」

「お前、何者だ。帝国の人間か？」

「元な。今は立派《りっぱ》な王国民だよ」

登録とかしてないけど。

「だったらなんの用だ。ここはお前みたいなガキが来るところじゃない。やっぱり、――殺すか」

じろり。

冷静からまた半周回って睨まれた。

殺意が凄いな。他の二人からも同様の感情が伝わってくる。警戒心《けいかいしん》バリバリって感じ。

「そうだねぇ。俺からの話は、要するに、その暗殺を諦めてくれってことなんだ。もし諦めないようなら……」

「諦めないようなら？」

「君たちを殺すしかないよね？」

ズズズッ。

わずかに体内の魔核《まかく》から魔力を引き出した。今回は相手を威嚇《いかく》するための放出。ゆえに攻撃する意図はない。だが、

「「「ッ!?」」」

三人揃って俺の魔力に威圧される。ぶわっと汗《あせ》が滲《にじ》み出ていた。

くすりと笑い、ズラしていた仮面を元に戻す。

「さぁて、どうする？　短い人生をここで終わらせるかい？　それとも――」

「殺せ」

「ん？」

「殺せ、そいつを!!」

ドレッドヘアの男性が叫んだ。

直後、背後からかすかに風が吹く。

風の正体は少女だった。漆黒《しっこく》の装いを身にまとい、懐からナイフを取り出して構える。

すでに床を蹴《け》っていた。気づいて振り向いた時には目の前にいる。振り上げたナイフを、慣れた手つきで振り下ろす。

狙《ねら》いは、肩。

致命傷は避けているが、——残念。

「なっ⁉」

少女が振り下ろしたナイフは、俺の肩に当たる前に止まった。まるで見えない壁に阻《はば》まれるように。

魔力障壁だ。

少女の力では俺の魔力障壁は破れない。フードの内側から、息を呑む声が聞こえた。

「ふーん……リトル暗殺者か。原作には君みたいな子はいなかったはずだけど、モブにしてはいい属性してるね」

ロリッ子暗殺者とかそこそこ需要高そうだよ、君。

俺の視線と、少女の視線が交錯《こうさく》する。同時に、ソファに座っていたドレッドヘアの男が、目の前のテーブルを蹴り上げて攻撃を仕掛けた。

飲み物とテーブル本体がこちらに飛んでくる。

当然、その両方とも俺の魔力障壁に阻まれて空中で止まった。

「ちぃっ！　なんなんだその能力は！」

「まさか……魔力障壁!?　全身にかけるなんてありえない！」

ドレッドヘアの男が舌打《したう》ちして、それにひょろもやしが続く。

確かに常人《じょうじん》なら全身を覆《おお》うほどの魔力障壁は効率が悪すぎて展開しない。だが、俺はラスボスだ。その常識には縛《しば》られない。

「現にここに、そのありえない存在がいるみたいだけど？」

「何かカラクリがあるはずです！　恐らくアーティファクトかと！」

「あんなちゃちな玩具《おもちゃ》と一緒にしないでほしいな」

まあいいか。相手がユーグラムだとわからなければ、常人には不可能な芸当であるのもまた事実。

擬似的《ぎじ》に真似《まね》できるのも原作ヒロインとかアイリスくらいだ。凡人《ぼんじん》にはその考えにすらたどり着けない。

「アーティファクトが原因ならいずれ魔力は切れるか効果がなくなるはずだ！　攻撃を続けるぞ！」

「「了解！」」

ドレッドヘアの男性の言葉に、他の二人が声を重ねる。魔力を練り上げて次々に武器を構えては攻撃を繰り出した。

しかし、どれだけやっても俺の体には届かない。衝撃の全てを魔力障壁が吸収して無効化する。

「無意味だっての……やれやれ」

さすがに視界の暴力だ。

目の前で三人の男女がわちゃわちゃしてるのは、精神衛生上よろしくない。

俺は右手に魔力を籠《こ》める。

薄紫色の輝きが宿った。それは滑《なめ》らかな帯のように伸びる。俺の右手の動きに合わせて、正面の三人へしなやかに振るわれた。

まるで鞭《むち》のように。しかし、透き通るような輝きは、外見に反して凄《すさ》まじい衝撃を生み出した。

三人の男女をまとめて吹き飛ばす。

ここは地下室だ。周りには壁がある。吹き飛ばされた三人は、当然、その壁に激突して意識を失った。

ようやく静かになる。

俺は踵を返して少女のほうを見た。

「さて……君、暗殺稼業なんてやってて楽しいの？　恨《うら》みやリスクを買うだけだよ。いつか殺される。そんな暮らしでいいの？」

膝《ひざ》を曲げて目線を合わせる。

最初に彼女の目を見た時、俺はハッキリと気づいた。

——ああ、彼女の目は死んでいる、と。

原因はわからない。ただ、彼女には感情が欠落している。その理由が知りたくて、彼女を倒す前に訊いてみた。

その返事は、

「……嫌」

「うん」

やや逡巡《しゅんじゅん》してはいたものの、彼女のまぎれもない本音——だと思う。

「私だって、こんなことしたくない」

「そうだよね」

「でも、私にはこれしか道はない」

どこか苦しそうに。どこか諦めているように、か細い声が零《こぼ》れる。

まだ若いのに、心が抉《えぐ》られる言葉だ。

「どうして？」

「私は孤児《こじ》。親に捨てられた」

「拾ったのがあの男？」

「そう。だから、私は暗殺者に育てられた」

「その顔に負った傷は、仕事関係かな？」

フードから覗《のぞ》く、少女の腫《は》れた頬。青くなっているから、つい最近つけられた傷だろう。数日前に殴られたのかな？

「違う。私はまだ未熟だから、暗殺関係の仕事はしてない。主に諜報《ちょうほう》」

一瞬だけ顔をしかめる少女。それが凄惨《せいさん》な記憶を呼び起こしてることくらい見ればわかるが、聞かなきゃいけない。聞く義務が俺にはある。

「じゃあその傷は誰にやられた？」

「……あの、変な髪の男」

「ドレッドヘアの奴か。ムキムキのおっさん」

そう言うと少女はこくりと頷《うなず》いた。

小さな女の子にはドレッドヘアはわからないよね。あれ、意外とカッコいいぞ。俺もいつかしてみたいな。

まあ、今はそれより重要なことがあるけど。

「そっか。こんな小さい子を利用して虐待《ぎゃくたい》するなんてよくないなぁ」

さっきぶっ飛ばしておいてよかった。心底《しんそこ》そう思ったね。

膝をまっすぐに伸ばし、立ち上がった。

くるりと踵を返すと、倒れた三人の男女へ歩み寄る。

「こいつらは俺が責任をもって兵士たちに届けるよ。何か縛るものはない？」

「縄《なわ》ならその棚の下に」

「ありがとう。手伝ってくれる？」

「……わかった」

彼女は俺のお願いを聞いてくれた。頷き、こちらにやってくる。

さてさて。彼女の処遇はどうしようかな。

もうほぼほぼ決まってるようなものだが。

▼△▼

暗殺者ギルドのメンバー三人を縛り上げる。

「ふう……ちょっとスッキリ」

パンパン、と手を数回叩いて埃《ほこり》を払う。

結構複雑に縛ったから簡単にはほどけないはずだ。

「君、お疲れ様。ごめんね、手伝ってもらって」

隣に並ぶ少女に声をかける。

するとと彼女は、灰色《はいいろ》の瞳をまっすぐに向けてきた。そして問う。

「そんなことより、聞きたいことがある」

「聞きたいこと？」

「あなたは何者」

「おお……」

ずいぶんとストレートな質問だな。

無理もないけど。

「正義の味方って言ったら信じる？」

「正義の味方はそんな変な仮面はつけないと思う」

「ぐさっ」

心に言葉のナイフが刺さった。

彼女にはあとで人を傷つけない優し〜い言葉遣《づか》いを教えてあげないと。

「それにあの男たちが手も足も出なかった。ただの変態には見えない」

「正義の味方って部分はどこにいったのかなぁ？　まあいいや。もしかして、俺が怖かったりする？」

単刀直入《たんとうちょくにゅう》に訊ねた。

彼女はこくりと頷く。素直だね。

「正直に言えば、怖い。けど……」

「けど？」

「お礼も、言いたい」

「お礼？」

「私を地獄から救いだしてくれてありがとう」

「変態だって言われたけど」

「それでも。あいつらに使い潰される日々より、あなたに殺されたほうがマシ」

「なるほどね」

そこまで思いつめるほどに彼女は疲弊《ひへい》していた。

とことんあの男はクズだな。一発くらい殴っておくべきだったか。

「それなら、今の君はフリーってことになるね」

「フリー？」

「だってあいつらはこのあと、兵士たちに突き出されて牢屋《ろうや》行き。晴れて犯罪者ってわけだ」

「だったら私も……」

少女は俯《うつむ》いた。自分が犯罪者になることが悲しいのか。それとも、連中と離れられることを喜んでいるのか。

どちらかは俺にはわからない。

ただ、このまま大人しく彼女を兵士たちに突き出す気はなかった。

「そうだなぁ……それだともったいなくない？」

「もったいない？」

「そ、もったいない。君、——よかったら俺と一緒に来なよ」

「…………へ？」

俺の提案に、しかし彼女は素《す》っ頓狂《とんきよう》な声を上げる。

無理もない。いきなり過ぎて脳の処理が追いつかないよね。でも話を続ける。

「だからさ、俺と一緒に来てよ。場所は王宮。俺ってアイリス王女の護衛《ごえい》とかしてるからさ、君も一緒にどうだい？」

「な、なんで……」

「君には才能がある。皮肉な話だけど、大した奇襲《きしゆう》だったよ？」

正直、最初に攻撃された時、攻撃態勢に入るまで彼女の気配に気づかなかった。そこから対処はできるとしても、その才能はなかなかに稀有《けう》だ。

暗殺者をやめたがっている彼女に、護衛の仕事を紹介するのもどうかと思うけど。

「だからその腕を見込んで、一緒に王女様の護衛……しない？」

「で、でも、私は元暗殺者……アイリス王女が許可するわけない」

「そこは俺がなんとかするよ。大丈夫。アイリスは君よりずっと強い。たとえ寝込みを襲《おそ》われても勝てる」

「デリカシーって言葉、知ってる？」

「実家に置いてきた」

正直に話したほうが君は受け入れやすいと思ったからね。彼女は才能にあふれた暗殺者だ。このまま鍛《きた》え上げればかなりの実力者になる。

だが、それはあくまで暗殺者の中では、だ。

俺やアイリスに比べれば大きく劣る。それこそ、魔力を使わなくても勝てるくらいにね。

「……わかった」

「お、即決だね。いいのかい？　別に断っても独房に入れたりしないよ。逃がしてあげる」

「ううん。いい。私は、私を助けてくれたあなたについていきたい」

「とんでもない犯罪者かもしれないよ」

「構わない。この目で見た現実を、結果を信じる」

「へぇ……面白いね、君」

いい覚悟だ。そういうの嫌いじゃない。

特別に彼女には、いずれバレるであろう俺の正体を教えてあげることにした。

膝を曲げたまま。目線の高さを合わせたまま、俺は仮面に手を添える。

ゆっくりと仮面を外した。同時に、アーティファクトも外す。

白かった髪は黒へ。青色の瞳は黄金色に変わった。まごうことなき神の御子《みこ》たる姿を見て、少女は驚愕《きょうがく》する。

「そ、その顔は……まさか」

「ああ。きっと君が考えているとおりの人物だろうね。こんな場所だ、自己紹介を省《はぶ》いても構わないだろう？」

「う、うん」

ごくりと少女は生唾《なまつば》を呑み込む。

しばしお互いの視線が交錯し合い——俺はすぐに仮面をつけ直してアーティファクトによる変装を行った。

「さて？　どうする。稀代《きだい》の悪役を前に、君はそれでも俺についてくると——」

「構わない」

少女はまた即答した。言い終わってないのに。

「……ほんとに？　え？　こ、後悔しない……？」

あまりの即答っぷりに逆にこちらが困惑《こんわく》した。

しかし、彼女の返答は変わらなかった。

「後悔しない。私はあなたについていく」

「……さいで。なら、この手を取るといい。今日から君は……うん。俺の娘にしよう」

「パパ？」

立ち上がって手を差し伸べる。

少女はその手を取り、こてん、と首を傾げた。実に可愛らしい。

「そうそう。今後はそういう感じでいこうか」

「了解。これからはパパって呼ぶ」

「エクセレント。そういう君の名前は？」

「名無し」

「ナナシ！　いい名前だねぇ！」

「名前がないって意味」

「……知ってるよ。単なるジョークさ」

彼女は子供のくせに妙にスレてるねぇ。環境が悪かったせいかな？

でも名前がないと困る。彼女には何かいい名前を付けてあげないと。

「それじゃあ俺が君にぴったりの名前を付けてあげよう」

そうだなぁ。名無しだから……うん。こういうのは簡単なほうが覚えやすくて愛着が湧《わ》くものさ。

「――ナナ、っていうのはどうかな？」

名無しのナナ。ラッキーセブンのナナ。実にシンプルで可愛い名前だ。女の子っぽいだろ？

少女のほうも、

「ん、それでいい。私はナナ」

「よしよし、いい子だ。ちなみに俺はユウ。忘れないように」

「了解、パパ」

「偉いね～。名前も決まったことだし、あの連中を担いでさっさと地上に戻ろうか。アイリスも俺の帰りを待っているだろうからね」

ちらりと倒れた四人の男女を見る。

入り口、通るかな？

「こ、これはいったい……」

王宮の手前、正門の傍《そば》にやってきたアイリスは、地面に転がる四人の男女を見て驚いた。

彼らの体には縄《なわ》が巻かれている。逃げられないように割としっかりと。その縄で縛られた四人、ナナ、そして俺の顔を交互に見て、アイリスはため息を吐く。

「ユウさん……とうとう誘拐ですか。女性はわかりますが、なぜ男性も？」

「あまりにも冤罪《えんざい》すぎる」

お前には俺がそういう風に見えていたのか。普通にショックだぞ。

肩をすくめて説明する。

「こいつらは犯罪者だよ、犯罪者」

「犯罪者？」

「そ。暗殺者ギルドって知ってるか？　そのメンバー」

「暗殺者ギルド……――って、あの暗殺者ギルドですか!?　王国の裏で暗躍《あんやく》してるという」

「たぶんその暗殺者ギルドで間違いないと思う。少なくとも王都にいた連中だしな」

「どうしてそんな危険人物たちがここに……」

「俺が見つけてボコッて連れてきた」

ぐっと親指を立てる。

「よく暗殺者ギルドのメンバーなんて見つけることができましたね」

「たまたまな。殺されそうになって反撃したら、お前の暗殺依頼を請《う》けてたっぽいから連れてきた。大活躍だろ？」

「私の……暗殺依頼!?」

衝撃の事実だったのか、アイリスの目が見開かれる。正門を守っていた兵士たちも同様に驚いていた。

逆に俺は言う。

「まさか自分が狙《ねら》われないとでも？　依頼主は帝国の人間だろうね。アイリスの存在は、敵国からしたらあまりにも邪魔すぎる。殺せれば万々歳《ばんばんざい》。手傷を負わせれば上々——って感じかな」

「そんな……」

「でも大丈夫だよ。こいつら弱かったし、万が一アイリスより強い暗殺者が現れようと……俺がそいつを殺すから。アイリスは絶対に守る」

「ゆ、ユウさん……～～～！」

照《て》れたのかアイリスの顔が真っ赤になる。それでいて、彼女は嬉《うれ》しそうに、

「も、もう！　なに言ってるんですか……えへへ」

と笑っていた。

怒るのか笑うのかどっちかにしろよ。可愛《かわい》いなちくしょう。

内心ではアイリスの反応に拍手喝采《はくしゅかっさい》だった。全世界の俺が歓喜《かんき》している。

「まあそういうわけだから、とりあえず兵士に頼んでこいつらは牢屋《ろうや》にでも入れておくといい」

「わかりました。すみませんが、追加の兵をよろしくお願いします」

正門を守る兵士の一人にアイリスがそう言うと、男はびしっと敬礼して、

「畏《かしこ》まりました！　少々お待ちください！」

と言って、明後日《あさって》の方角へと駆けていった。

おそらく詰め所的な場所に向かったのだろう。王宮内部には王宮勤めの兵士たちが暮らす宿舎のような場所がある。もちろん地下には罪人を捕らえておく牢屋もね。

当然、それなりの人数がいないと気絶した大人を四人も運ぶのは難しい。だから応援を頼んだ。

応援を待っている間、アイリスが話を続ける。

「ところで……そちらの女の子は誰ですか？　正真正銘《しょうしんしょうめい》の誘拐ですか？　見損《みそこ》ないました」

「まだ何も言ってねぇ」

アイリスが訊《たず》ねたのは、ずっと俺の後ろに隠れている小さな女の子――ナナのことだ。

彼女は俺の服を掴《つか》みながらじっとアイリスのことを見上げている。

「……アイリス・ルーン・アルドノア」

「？　はい。私のことはご存知なんですね」

「元標的」

「標的⁉　どど、どういう意味ですか？」

「そのまんまだよ。この子は元暗殺者なんだ」

「元暗殺者ぁ⁉　なんでそんな子供を野放しに……」

「おいおい。いくらなんでもこんな小さな女の子を拘束《こうそく》するとかまずいだろ。それに、彼女は暗殺者ギルドの連中に拾われた孤児《こじ》。元々は捨て子らしいよ」

「捨て子……」

アイリスの表情に悲しみの色が混ざった。瞳《ひとみ》には同情が。

俺も同じ気持ちを抱いたからよくわかる。彼女――ナナはあまりにも辛《つら》い人生を過ごしてきた。

「そういうわけで、今日からナナはお前の護衛《ごえい》な」

「――は⁉　意味わかりません！」

「いやさ、行くとこないじゃん？　かといって暗殺者ギルドの仲間として突き出すのも後味悪いし……だから、仕事を紹介したんだ」

「それが私の護衛役だと？」

「護衛は多いほうがいいだろ？」

「標的の情報は詳《くわ》しい。任せて」

「なんか物騒《ぶっそう》なこと言ってませんかこの子⁉　本当に大丈夫なんですよね⁉」

「ははは。ダメじゃないか、ナナ。アイリスのことを標的って呼んじゃ。昔の癖《くせ》が直ってないぞ」

「ん、しょうがない。転職したのは数時間前のこと」

「とっても危険を感じます。断ってもよろしいですか？」

「そうなるとナナは行き場をなくして浮浪者だな。可哀想《かわいそう》に……。アイリスが許可を出さなかったばっかりに、彼女の将来は……」

よよよ、と嘘泣《うそな》きしてみせる。ナナも俺の服に顔を埋めて、

「かなしいよー」

と棒読みで言った。

アイリスの表情がめちゃくちゃ不満そうに歪《ゆが》む。子供の前でその顔はダメだよ。

「安心していい。ナナはまだ暗殺依頼を請けたことはない。主に諜報《ちょうほう》が仕事だったらしいよ」

「ん、だから情報集めは任せてほしい。暗殺は趣味のようなもの」

「不安ですよ!?　趣味が暗殺とかいう人を雇《やと》うわけないでしょ!?　ユウさんの趣味に巻き込まないでください！」

「なんか微妙に誤解を招く言い方だな……大丈夫だって。アイリスもわかるだろ？　彼女からは邪気を感じないって」

とある理由でアイリスは人の悪意が大雑把《おおざっぱ》にだが感じ取れる。勘《かん》に近いものだが、ナナにはまったくアイリスに対する悪意はない。見ればすぐわかるはずだ。

しばし沈黙が流れて、アイリスはため息を吐いた。

「……ハァ。わかりました。確かにユウさんの言うとおり、彼女からは悪意を感じません。きっと根は純粋な子なんでしょう」

「サンキュー！　アイリス！　やったな、ナナ。今日からお前も王宮務めだぞ～。給料は期待しておけ！」

「さすがに正規の護衛、という扱いはできません。彼女まだ10歳くらいでしょう？」

「え？　じゃあ無賃で働かせるの？　そんなブラックありかよ」

「人聞きの悪いこと言わないでください。ユウさんの給料から引いておきますね」

「なん、だと……!?」

俺の全身に衝撃が走る。まさかの給料折半《せっぱん》。充分にブラックだろ。

だが、これ以上文句を言う気にもなれなかった。元暗殺者のナナを受け入れてくれるだけでありがたい。アイリスが超絶拒否とかしたら、俺も王宮を離れて暮らすしかなかったからな。

「当たり前です……ん？　どうやら応援の兵士たちがこちらに到着したようですね」

遠くから複数の兵士がこちらにやって来る。

彼らに俺が捕縛《ほばく》した暗殺者ギルドのメンバー四人を預けた。あとは兵士たちの仕事だ。

「こいつらのことよろしくね」

幕間

Interlude

王都郊外の洞窟《どうくつ》の中。

やけにひらけた一角で、異形《いぎょう》の怪物たちを前にローブをまとった老人が拍手《はくしゅ》する。

「ほほほ！　ずいぶんと合成種の量産に成功したのぉ。これなら実戦に投入すればそこそこデータが取れるじゃろうて」

老人の背後に並ぶローブ姿の集団もまた、老人に合わせて手を叩《たた》いた。

「やりましたね、師よ。上層部もこの結果を見れば予算を下ろすでしょう！」

「師は帝都の科学者たちよりも才能にあふれている。我々をこんな場所へ追いやった連中に、それを見せつけてやりましょう！」

「わかっておる、わかっておる。お主らも再び帝都に戻ることができるじゃろう。そのためには……こやつを実験体にして、強力な合成種を生み出す必要がある」

老人が視線を向ける先に、五メートルはある巨大な魔物が立っていた。

拘束具《こうそくぐ》をはめられ、ぴくりとも動かぬ巨人を見て、老人は邪悪な目を鋭く細める。

「さすれば……我らの研究は飛躍的な進歩を遂《と》げるだろう」

洞窟内に響《ひび》く老人の笑い声。

それは酷《ひど》く、不気味に聞こえた――。

六章　Chapter 6

ユーグラムの人生に新たな仲間が加わった。

元暗殺者の少女ナナ。

天涯《てんがい》孤独の彼女は、暗殺者ギルドのメンバーに拾われ、暗殺者として育てられた悲運の子。

そんな子を、邪悪な暗殺者ギルドを潰《つぶ》して助けたのが俺。

アイリスを守るために行ったことだったが、巡《めぐ》り巡ってアイリス以外の人間を助けることになった。

結果だけを見れば最高だ。アイリスもナナを受け入れてくれて、明日からまた平凡な生活がやってくる。

——そう、思っていた。

▼△▼

チュンチュン。

窓の外から聞こえてくる小鳥の囀《さえず》りで目を覚ます。瞼《まぶた》を開けると、部屋の天井——より先に、宙に浮かぶナナの姿が見えた。

「……何やってんだ、こいつ」

ぱちぱちと瞬《まばた》きを繰り返すと、より鮮明に視界が広がる。

その結果、いつの間にか人の部屋に侵入していたナナが、俺の展開する魔力障壁に体を預けて寝転がっている姿が見えた。

俺の魔力障壁は俺が予《あらかじ》め許可したもの以外は全《すべ》て遮《さえぎ》る効果を持っている。だからドアノブとかベッドとか、そういう類《たぐい》のものは素通りするわけだが……ナナは許可していない。だから彼女は、魔力障壁に遮られてほんの少し宙に浮いていた。本来は俺の胸元で寝転がっていただろうに。

「ん……ん？」

ナナが目を覚ました。俺が起きた気配を察知《さっち》したのか。腐っても元暗殺者。その辺《あた》りは機敏である。

「おはよう、ナナ。人の部屋で何やってんだ」

「……おはよう、パパ。人恋しくてつい」

「部屋の鍵《かぎ》は」

「鍵開けは得意」

「ダメだろ」

「パパの部屋だから平気」

「パパは説教しなければなりません」

「眠い……」

ナナは俺の説教から逃げようとした。でも許さん。

魔力障壁を解除してナナを担《かつ》ぐ。

「パパ？」

「どっせーい！」

ベッドを降りて部屋の扉を開けると、ナナを廊下にぶん投げる。

ごろごろと彼女は隣の部屋の前まで転がっていく。

「酷《ひど》い。虐待《ぎゃくたい》」

「人聞きの悪いことを言うな。鍵開けは犯罪じゃねぇか」

「家族の部屋に侵入することを犯罪っていうの？」

「侵入って字面《じづら》がもう犯罪じゃね？」

ともかく、王宮の一室の鍵を勝手に開けちゃいけません。

暗殺者としての習慣がまだ残っているようだな。まあ一日しか経《た》ってないし無理もないか。

「とにかく、今後鍵開けは禁止だ」

「じゃあどうやってパパと一緒に寝ればいいの？」

「一緒に寝ようって可愛《かわい》くおねだりしてごらん」

「一緒に寝て？」

こてん、と首を傾《かし》げるナナ。

この野郎……可愛いをよくわかってるじゃねぇか。俺は可愛いに弱い。本当なら断らないといけないが、ナナの境遇を考えると断りにくかった。

ぷるぷると肩を震わせたあと、

「……毎日はダメだぞ」

と力なく答えた。

「ん！　了解」

俺から許可をもぎ取ったナナは、改めて自分の部屋に戻っていく――ことはなく、立ち上がって俺の部屋の中に入っていった。

「ちょいちょいちょい、待て待て待て。人の話を聞け」

「？　どうしたの？」

「そんな意味不明って顔しても無駄だ。これから俺は、早朝訓練に連れ出されるからここにいてもしょうがないぞ」

「早朝訓練？」

「ああ。そろそろアイリスが部屋にやって来る。そうなると俺は連行され、アイリスの早朝訓練に付き合わされるってわけだ」

だだだだだ！

「ユウさん！　早朝訓練を始めましょう！」

「ほらな？」

言ったそばからアイリスが猛ダッシュでやって来た。

私服に身を包み、手には二本の木剣《ぼっけん》が握られている。やる気満々だね。

「私も参加する。その早朝訓練」

「え？　ナナもですか？」

俺の腕を掴《つか》んだアイリスは俺を引きずりながら廊下に出た。そのあとをナナが追いかける。

「うん。どうせ一人でいても退屈だし、アイリス様の護衛《ごえい》だから、一応」

「そういえばそんな設定ありましたね」

「設定とか言うな」

通り過ぎていく王宮関係者たちがアイリスに挨拶《あいさつ》し、俺にも声をかけてくれる。

今は仮面をつけてないから反応も穏《おだ》やかなものだな。アーティファクトによる変装さまさまだ。

　それに、俺がアイリスに引きずられている光景は王宮関係者たちに受け入れられている。誰も違和感を抱いていない。

「ナナは立派《りっぱ》なアイリスの護衛だよ。才能もあるし、可愛い」

「可愛いは関係ないでしょう」

「関係あるって。強くて可愛いナナは最強だな」

「私、最強？　アイリス様は？」

「ゴリラ系女子だな」

　ぶんっ——パリンッ！

　思いきりアイリスにぶん投げられた。投げられた先は窓。ガラスをぶち抜いて中庭のほうへと落ちていく。ちなみにここ、建物でいうと三階くらいの高さ。

「中庭で待ってるぞおおおお!?」

　叫び声を上げて、どうしようもないので俺はそのまま落下した。

　地上では、使用人の絶叫が聞こえたとさ。


　数分後、アイリスとナナがやってくる。

「パパ大丈夫？」

　真っ先にナナがこちらに駆け寄ってくる。俺は片手を上げて、

「平気平気。魔力障壁があるからへっちゃらさ」

と答えた。

落下中に魔力障壁の展開が間に合っている。衝撃は全て障壁が吸収したから無傷で着地できた。

着地っていうか思いきり落ちたけど……。

「あなたのことですからどうせ生身《なまみ》で落ちても平気でしょ」

「人をぶん投げた奴《やつ》のいう言葉かね？」

「レディーをゴリラ扱いする人は飛び降りか斬首《ざんしゅ》と決まっています」

「決まってない決まってない。つかこの世界にもゴリラいるんだ」

ゴリラと言われて怒ったってことは、俺の知るゴリラがこの世界にいるってことだ。少なくとも帝国にはいなかったが……ちょっと見てみたいな。

「それより木剣《ぼっけん》を持ってください。早速《さっそく》始めますよ」

アイリスが木剣の一つをこちらに放り投げる。魔力障壁に当たって空中で停止したそれを、俺は許可して摑んだ。

「うーん……今日はちょっと趣向を変えていこうと思うんだ」

「？　どういうことですか」

「最初にアイリスの相手はする。けど、もう一本だけ木剣の準備を頼む。――ナナ、君も混ざるんだ」

「誰と戦うの？」

「相手は俺。ナナはアイリスと組んで俺と戦うんだよ」

「……パパと？」

俺がこくりと頷《うなず》くと、ナナはちょっと驚いているようだった。


アイリスの隣にナナが並ぶ。二人とも木剣を構えた。

それを見た俺は、

「二人とも準備はいいね？　いつでもかかってきていいよ」

と二人に告げる。

ややぎこちないながらも、アイリスをメインに二人は動き出した。

まずはアイリスがこちらに踏み込む。鋭い上段からの一撃が振り下ろされた。

今の俺は魔力障壁を解除している。当たれば怪我《けが》をする可能性は万が一にもあるかもしれない。

なので、一歩後ろに身を引いた。

それだけでアイリスの剣は俺の眼前に沈んでいく。

「ッ！」

リーチを完全に読んだ俺の回避に、アイリスの表情がわずかに歪《ゆが》む。

いつもなら、ここからアイリスの連撃が打ち込まれる。しかし、今回ばかりは違った。

アイリスの真横を通り抜けて、木剣を手にしたナナが飛び出してくる。

構えは水平に。俺との距離を潰して木剣を薙《な》いだ。

さすがにこの一撃は止める。木剣を盾《たて》にして攻撃を防いだ。

カーン、と乾いた音が響く。

彼女たちのターンはまだ続いた。

すぐに、アイリスがまた木剣を振るう。さらに一歩こちらに踏み出せば、充分に間合いだ。

ナナの邪魔をしないよう逆側から袈裟《けさ》斬《ぎ》りに剣を振り下ろす。

ナナが俺を攻撃しているからこそ、そのアイリスの攻撃は——読みやすい。まあそっちからくるだろうな、と予測するのは簡単だった。

アイリスが剣を振るった時にはすでに、ナナの剣を弾《はじ》いたあと。下から掬《すく》うようにアイリスの剣も弾く。

「あっ!?」

「さすがに組んだばかりだから連携は甘々だね」

これでアイリスの連撃はない。

木剣を構え直したナナが再度攻撃に入るが、その時にはもう俺は一歩前に踏み出していた。

「しまっ⁉」

ナナの剣を握る手を掴む。これで剣は振れない。

体勢を戻したアイリスがナナを助けるために剣を振るう——前に、俺はナナをアイリスの前へ投げた。

前方に味方がいる状況ではアイリスは動けない。

一瞬、動きが止まり、反応が遅れる。

その隙《すき》を突いて二人に接近。木剣を大振りで打ち込んだ。

当然、アイリスはナナを庇《かば》ってガードする。

強い衝撃が生まれた。

「きゃあっ⁉」

アイリスはナナごと後ろに吹き飛ぶ。

地面を転がっていく二人を見て、俺は試合終了を告げるのだった。

「はい、これで俺の勝ち～」

その後、何度かアイリスたちと刃《やいば》を交えたが、結局、彼女たちが勝つことは一度もなかった。

俺に一撃たりとも入れられない。

だが、連携力は上がった。アイリスのサポートをするナナが優秀だったこともあり、俺の露《ろ》骨《こっ》な格闘術には乗らなくなった。

　おかげで一戦一戦が長引いて大変だったたね。

疲労困憊《こんぱい》といった様子で、アイリスたちが地面に転がる。

「ハァ……ハァ……ハァ……か、勝てません……」

「悔《くや》しい……ハァ……」

「ははは。ラスボスに勝とうなんて百年早いぞ！　こちとら才能が違うわ！」

なんて言いながらも、実はひやっとしていたりする。

アイリスの成長速度がハンパではない。魔力を使った戦闘なら百億回戦っても俺が勝つが、こと剣術に関してはすぐに追いつかれそうだな。

さすが主人公。舐《な》めてかかれる相手じゃない。

「でもよかったよ、二人とも。最後のほうなんてあと一歩だったじゃないか。俺も冷や冷やしたよ」

「ほ、本当ですか？」

もうアイリスが復活した。上体を起こして瞳《ひとみ》を輝かせる。

「ああ。そのうちアイリスは、一対一でもいい勝負ができるようになるかもね」

「やった！　ありがとうございます！」

「俺のおかげじゃないよ、その才能はアイリスのものだろ？」

「ユウさんがこうして協力してくれるからですよ。やはり強敵との戦いは成長に繋《つな》がりますね」

「まあな。それは否定しない」

「むぅ……私はだめだめ？」

アイリスとの会話を聞いていたナナも復活。やや納得いかない感じの表情を浮かべていた。

「ダメじゃないさ。ナナの場合、年齢の割には強いよ、凄《すご》く。そのまま育てば最強の暗殺者にだってなれる」

「もう暗殺者じゃないよ？」

「あくまで戦闘スタイルの話さ」

「戦闘スタイル？」

「そ、戦闘スタイル。ナナは速度を活《い》かした手数による戦闘が合っている」

暗殺者として育成されたからだろうね。彼女にはそれが向いている。

一方、アイリスは魔力の放出量と制御《せいぎょ》能力が常人《じょうじん》を遥《はる》かに凌《しの》ぐ。速度もパワーも規格外ってわけ。

「速度を活かした……戦闘」

「ふっ。その顔は何かやりたいことがあるみたいだね。いいよ。早朝訓練が終わるまでもう少し時間がある。俺が相手になってあげよう」

ナナに向かって木剣を向けた。

ナナは俺を見ると、静かに木剣を構える。アイリスも立ち上がって前に出た。

「私のことも忘れないでくださいね」

「忘れないさ。次は二人の攻撃が届くといいね」

そう言って笑うと、二人は同時に地面を蹴《け》った。

▼△▼

早朝訓練を終え、充分に動き回った二人は、先に汗《あせ》を流してから着替えてくるとのこと。

なんでもアイリスは今日、久しぶりに学園へ向かうらしい。

俺はまだ学園には行ったことがない。アイリスの護衛として一緒に行くことになったが、なかなか楽しみだったりする。

「学園かぁ……リアルだとどんな感じかな」

俺のイメージでは、やはり若者たちが青春する場だ。

あいにく前世の俺は青春とは縁遠《えんどお》い生活をしていたから、少しでも異世界でその空気を吸えると嬉《うれ》しいな。若者と接すると、こちらまで若くなったように思えるからね。

……って、ユーグラムはまだ十五歳。ぴちぴちの子供だ。精神年齢に引っ張られてしまったな。

「王立ユスティナ学園は、普通の教育機関ですよ。それ以上でもそれ以下でもありません」

後ろから声がして振り返ると、アイリスとナナの姿があった。

わずかに湿った髪が、妙に艶《なま》めかしい。

しかもアイリスは学園指定の制服を着用していた。

まるで彼女のためだけに考案されたかのような、白と青を基調とした動きやすい服装だ。上はシャツだけなので胸元の強調が凄い。俺がプレゼントした青色のネックレスが、胸の上に乗ってきらりと煌《きら》めいている。

下はスカート。白く滑《なめ》らかな彼女の太ももがよく見える。

百点満点だ。素晴らしい。内心で全世界の俺が拍手喝采《はくしゅかっさい》していた。

「アイリス。もうあがったのか」

「汗を流すだけでしたので。それに、あまりユウさんを待たせてもご迷惑になりますし」

「別にいいのに。それくらい待つ器量はあるよ？」

「焦《じ》れてユウさんが学園に一人で向かうと困るので……」

「なんで言い変えたんだよ」

それは何か？　俺から目を離すと怖いっていうあれか？

ガキじゃないんだから勝手に行動したりはしないさ。……たぶん。

「それよりユウさんも準備をしてください。朝食を摂《と》ったらすぐに学園へ向かいますよ」

「準備ならできてるさ。どんな卑劣《ひれつ》な虐《いじ》めにも俺は屈さないぞ！」

「そういう準備はいいですから。早くダイニングルームに行きましょう。お腹《なか》、空《す》いてますよね？」

「そりゃあもう」

歩き出したアイリスについていく。俺もナナも腹ペコだ。

三人で朝食を摂ってから俺とアイリスは学園へ向かう。

ナナはお留守番だ。見た目は幼女だし、学園内で変に目立つ可能性があるからな。

それに彼女の役目は秘密裏《り》の護衛。だから公《おおやけ》の場にはあまり連れて行きたくなかった。

そんなわけで俺とアイリスだけが馬車に乗る。重役出勤みたいでテンションが上がった。

「おお！　あれがアイリスの通うユスティィナ学園か。東方から取り寄せた桜の木が植えられているんだよな。そこで告白すると永遠に別れることはない――ってベタな話もあるし」

「なんでそんなに詳《くわ》しいんですか。あなた初めてですよね、学園に行くの」

「公式サイトに載《の》ってたのさ」

「公式サイト？」

アイリスが首を傾げた。

理解する必要はない。俺以外には一生かかっても理解できないことさ。少なくとも、俺が転生関係の話をしないかぎりは。

「なんでもない。とにかく楽しみってこと」

いつかアイリスに俺の秘密を打ち明ける時がくるのかな？

今は、永遠にこないように思えた。

▼△▼

学校の敷地内に到着した。

扉を開けて地面に降りると、眼前には巨大な建造物が。

「近くで見ると意外とデカいな」

前世でいうと四階建てくらいの高さがある。ちょうど王宮と同じくらいかな？

「王都の貴族や豊かな平民の子供たちが通う学園ですからね。それなりにお金もかかっています」

「へぇ……ってことはまあ、相当広いってことだよな？」

「はい。一日では見て回れないほど様々な——」

「じゃあ探検の始まりだ！　財宝を探すぞ！」

「あっ!?　ちょっと待ちなさい！　ユウさん！」

アイリスを無視してぴゅーっと走り出す。後ろから彼女が追いかけてくるが、構わず校舎の中へと向かった。

ここには俺の求めるロマンがある。もしかしたら面白《おもしろ》い発見があるかもしれない。


五分後。

校舎に入っておよそ五分で警備の職員に捕まった。俺の全身には分厚い鎖《くさり》が巻かれている。

まるで罪人だ。

しかし、警備の連中を責めるわけにはいかない。

なぜかって？

俺に鎖を巻いたのが警備の職員たちではなく、背後に立つアイリスだからだ。彼女じゃなきゃ俺は魔力障壁を解除したりしない。

彼女は警備員に捉《つか》まった俺を見るや、いきなり「魔力障壁を解除してください」と言って鎖を巻きつけてきたのだ。

「なんで鎖なんて持ってるんだよ……」

って訊《き》いたら、

「あなたが粗相《そそう》をしないようにです。これ以上」

というシンプルな回答が返ってきた。実際に問題を起こしてるから何も言えない。

「えーっと……この者はアイリス殿下《でんか》のお知り合いでしょうか？」

「はい。警備員の皆さんにはご迷惑をおかけしました。ほら、謝ってください、ユウさん」

「ごめんなさい」

ちゃんと頭を下げて謝る。

校舎に入った途端《とたん》、追いかけられたからなぁ。むしろこちらが謝ってほしい。でもそれを言ったらアイリスはきっと怒る。だから何も言わない。

「な、なるほど。わかりました。この件はアイリス殿下にお任せします。くれぐれも、神聖な学び舎《や》を荒らさないようにご注意を」

「ありがとうございます」

警備員たちが校舎の見回りに戻っていく。

その背中が消えるまで眺《なが》めて、

「ふぃ～……酷《ひど》い目に遭《あ》ったぜ。あいつら人のことを不審者《ふしんしゃ》だと決めつけて……失礼しちゃうわ！」

ぷりぷり、と俺は怒る。

直後、背後から拳《こぶし》が落下してくる。魔力を巡らせて防御《ぼうぎょ》した。

「なんでガードするんですか」

殴った張本人、アイリスが訊《たず》ねる。

「殴られたら痛いからだよ」

「痛みを感じてもらわないと魔力障壁を解除してもらった意味がありません」

「それはちょっと……俺、マゾじゃないし」

「意味わかりません。まったく……」

やれやれとため息を吐きながらアイリスは鎖を握り締めて歩き出す。当然、鎖に巻かれた俺は彼女に引きずられていった。

「ねぇ、アイリスぅ」

「なんですか」

「これって虐待にならない？ 世論は厳しいよ」

「意味わかりません。ただの躾《しつけ》です」

「これが虐待を行う大人の思考か……」

「同い歳《どし》です。殴りますよ」

「ごめんなさい」

ずるずる。ずるずるずる。

余計なことは言わずに大人しく引きずられていく。

鎖の縛《しば》り方はでたらめで肌《はだ》に食い込むが、これくらいなら痛みはない。むしろ引きずられることで服が汚れるほうが気になる。

だがそこで、ふいに俺の視線が上に向いた。

これは……マジか。

あることに気づいた。

こっそりと胸の内にしまっておきたかったが、善良な俺は伝えずにはいられない。

「なぁ、アイリス」

「減らず口が続くと、また窓から投げますよ」

「怖いって。……でも、伝えないとそれはそれで怒ると思うよ？」

「なんですか。お腹でも空きました？」

「いやアイリスさ、今、制服じゃん」

「はい」

「制服ってスカートじゃん」

「そうですね」

「この位置だと……スカートの中見えるじゃん」

「――ッ!?」

ぴたり。

アイリスの足が止まった。ぎぎぎ、と首を回して下を向く。

スカートを下から覗《のぞ》く変態と目が合った。

「やあ。俺ユウくん」

「死ね！」

げしっ。

顔面を思いきり踏みつけられた。

死ねって言われた！　おまけに大胆な攻撃だ！　すでにパンツを見られているから見せながら攻撃するなんて、アイリスは天才だなぁ。

残念なのは、靴が両目にクリーンヒットして視界が封じられている点。これでは楽しめない。

「酷いなぁ、アイリス。痛いよさすがに」

「痛くしてるんですよ！　なんで覗くんですか!?　変態！」

「そこにパンツがあるからさ」

「ドヤ顔しないでください！　本当に殺しますよ……」

とうとう魔力を込めたアイリスのストンピングが炸裂《さくれつ》。

床が砕《くだ》けて凹《へこ》む。

俺は魔力を流してガードしたからノーダメージだ。

「アイリス……学校の床を砕いちゃダメって先生に言われなかったのかい？」

「人のパンツを覗いちゃいけない、とは学びましたね」

「不慮《ふりょ》の事故って言葉があるじゃん？」

「不敬罪って知ってますよね？」

「ごめんなさ――い!!」

即行で頭を下げた。

王女様に不敬罪って言われたら誰も逆らえないよ。横暴だ。

内心で愚痴《ぐち》りながらアイリスのほうを見ると、彼女は顔を真っ赤にしたまま、

「……その、どうでしたか？」

「へ？　何が？」

「私のパンツですよ！　子供っぽいとか思いませんか!?」

なんでキレてんの？　訊きたいのか怒りたいのかどっちかにしてほしい。

だが、訊ねられたら答えずにはいられないな。キリッとした表情で、アイリスに告げる。

「大丈夫。俺は白のパンツも結構す――ごふ」

また蹴られた。今度はさらに威力《いりょく》が強く、鎖を手放したのか、数十メートル先まで床を転がっていく。

「こんな所で色まで言わないでくださいよ！　馬鹿《ばか》――！」

アイリスの叫び声が校舎内に響き渡り、暴れた俺たちのもとに、再び警備員が来ることになった。

アイリスと俺は警備員からやんわりと説教を受けた。

その後、ようやく教室に到着する。

扉を開けてアイリスが堂々と中に入った。その後ろに俺が続く。

すると、俺を見た学生たちがひそひそと話を始めた。

「あ、あれ何……？」

「アイリス様のお付き？」

「それにしちゃあ、なんだか不気味な仮面をつけてるぞ」

「呪《のろ》いのアーティファクトか？」

「いったい何なのかしら……」

声を潜《ひそ》めて話してるつもりだろうが、全部聞こえている。

ラスボスは五感もまたラスボスなのだ。

「注目を浴びちゃってるね」

「その仮面のせいです」

「人気者は辛《つら》いよ」

「この状況でそれを言える胆力《たんりょく》は凄いですね」

「ちなみにさ、アイリス」

「はい？」

俺は生徒たちのことより聞きたいことがあった。

「もしかしてだけど……俺、授業が終わるまでここで立ってなきゃいけない系？」

教室の中には俺以外にも使用人の姿がある。

ここは王都の学園だからな。当然、クラスメイトは貴族ばかり。平民なんて一人いるかどうかだ。

それだけにずらっと並んだ席の脇《わき》には、各々《おのおの》の使用人たちがもれなく立っていた。

「当然でしょう。使用人たち用の椅子《いす》はありません。さすがに全員分となると、スペース的に足りませんからね」

「無理無理無理無理ぃ！　何時間立たせておくつもりだよ！　まだ若いのに足が棒になっちゃう！」

「我慢《がまん》してください。椅子を特別に用意させるのも他の人に悪いですし」

「じゃあお前が授業受けてる間、俺は校舎を探検してくるわ！」

「頭かち割りますよ。護衛って言葉の意味、ご存知ですよね？」

「そりゃあ知ってるけど……」

いくらなんでも退屈すぎる。

子供向けの授業もそうだが、今もひそひそと話を止《や》めないクソガキどもの視線も鬱陶《うっとう》しい。

こんな所にいるだけで数年は寿命《じゅみょう》が縮《ちぢ》まりそうだ。ストレス的な意味で。

「頑張ってください。その分、あなたには相応の謝礼を払っているでしょう？」

「ぶー。王女の護衛も楽じゃないなぁ」

「当たり前です。王女なんですから」

それだけ言ってアイリスは授業の準備を始めた。

そこへ、クラスメイトたちが近づいてくる。

先頭に立っているのは栗色《くりいろ》髪の少女。やや吊《つ》り上がった瞳が己《おのれ》のプライドの高さを表している。

こんなキャラいたっけ？　モブか。そう思っていると、彼女は口を開いた。

「ごきげんよう、アイリス殿下。質問をしてもよろしいでしょうか？」

「ローズマリーさん。はい、なんでしょう」

アイリスは人当たりのいい笑みを浮かべて答える。

外面《そとづら》は○と。

「ずっと気になっているんですが……そちらの男性は？」

「ん？　俺のことか」

思わず反応する。

貴族令嬢と思われる女生徒たちはこくこくと頷いた。

「こちらは私の護衛役です。不気味かとは思いますが、かなり腕が立つのでご容赦ください」

「あはは……独特の護衛をお持ちなんですね、アイリス様は」

「ッ……え、ええ……まあ」

じろり。

アイリスが後ろに立つ俺を睨《にら》んだ。

目が、「あなたのせいで変人扱いされたでしょ！　その仮面を取りなさい！」と言っていた。

やれやれ。アイリス様には困ったものだ。

しかし、一度でも素顔を見せれば、仮面をつけてても何も言われなくなるだろう。先行投資と考えて、俺は仮面を外すことにした。

すると、

「きゃああああ！」

女性たちの黄色い叫び声が響いた。クラスメイトたち全員（女性）の声だ。

俺の顔……変装用アーティファクトで変化した白髪と碧眼《へきがん》を見た途端、彼女たちの瞳にハートマークが浮かぶ。

「す、素敵《すてき》……！　なんて整った美貌《びぼう》なの!?」

「ありえないわ。ここまで美しい人は見たことがない！」

「わ、私と婚約しませんか!?」

「ズルいわよ！　私が先に狙《ねら》ってたのに！」

「あんたにはもう婚約者がいるでしょ！　すっこんでなさいよ！」

「婚約破棄《はき》するから平気です～！　あなたこそ――」

わいのわいの。

急に賑《にぎ》やかになった教室。仮面をつけていたらつけていたで問題はあったが、仮面を外しても問題は起こる。

そういえば俺、イケメン設定なの忘れてたわ……。

一気に周りを女生徒たちに囲まれる。

「ちょっ、ちょっと、落ち着いてレディた――」

ドゴォンッ!!

言葉の途中で、凄い音が響いた。

びくりとその場の全員が音のしたほう、アイリスを見る。

アイリスの前にある机が砕け散っていた。ぱらぱらと落ちる木片《もくへん》を見ながら、誰かがごくりと喉《のど》を鳴らす。

アイリスがこちらを見た。そのこめかみには、確かに青筋《あおすじ》が浮かんでいる。

「申し訳ありません……そちらの方は私の護衛でして、ね？　手を出さないでください。お願い、します」

最後の一言にとんでもない圧《あつ》が乗っていた。

その場の全員がこくこくと頷き、大人しく自分の席に去っていった。

取り残された俺は、

「あ、ありがとう……助けてくれて」

とおっかなびっくりな声を出すが、アイリスは視線をぷいっと明後日《あさって》のほうへ逸《そ》らしてしまう。

まるで拗《す》ねているかのように口を尖《とが》らせると、

「別にっ。いいですねぇ、ユウさんは。モテモテで」

と不満を漏《も》らすのだった。

アイリスの奴、怒ってる？

だがその理由がわからず、授業開始の鐘《かね》の音が鳴るまで俺は首を傾げ続けた。


教室に教師が入ってきて授業が始まる。

午前中は座学、主に歴史関係だった。いよいよもってテンションが上がらない。

適当に考え事でもしながら時間の経過を待つ。

ちなみに、その間、ちらちらとメイドを含む教室中の女子たちから見られた。今は仮面をつけているというのに。

でも、まあ一応、効果はあったのかな？

そう思いながら時間は流れていき、昼。学生なら誰しもが楽しみでしょうがないお昼休みがやってくる。いわゆる昼食時だ。

何人もの女学生が、アイリスのことを気にしながらもメイドたちを走らせていく。

いったい何をしているんだろう？

その様子を見ていると、アイリスが、

「ユウさん」

声をかけてきた。

「ん？」

「お昼は何が食べたいですか？　なんでもご用意させますよ」

「え？　マジで!?　なんでもいいの？」

「はい。午前中、なにやら遊んでいる様子でしたが……しっかりと護衛をしてくれた謝礼です」

「ラッキー！　立ってるのマジしんどかったけど、高級ステーキが食べられるならよしとしましょうか」

「ステーキですね。わかりました。では早速《さっそく》、どこか部屋でも取って――」

「ゆ、ユウさん！」

「え？」

アイリスの言葉が横からの声に遮られた。

女性の声だ。そちらに振り向くと、アイリスがローズマリーと呼んでいた栗色髪の女生徒が立っていた。

他にも貴族令嬢のクラスメイト数人が後ろに続いている。

彼女たちはアイリスをちらちらと見ながらも、手にした重箱のようなものを手渡してくる。

それを受け取り、

「これは？」

「私のお昼よ。特別にあなたに差し上げるわ」

「え？　それじゃあローズマリー様の分がなくなると思いますけど……」

「すでにメイドたちに用意させているわ。心配ご無用よ」

「あ、それで……」

だからさっき何人ものメイドがどこかへ向かっていったのか。

理由は、新たに昼食を用意するため。食堂とかあるのかな？　ここ。

「ありがとうございます。俺、結構食べるほうなので嬉しいですね。本当に貰《もら》っちゃっていいんですか？」

「ふふっ。護衛の騎士には破格の対応よ？　感謝してよね、ユウさん」

名前はアイリスが口にしていたからバレたっぽいな。偽名《ぎめい》でよかった。

多くの生徒たちに「ユーグラムさん！」とか言われたら最悪だったね。

仮面の下で苦笑しつつ、

「ありがとうございます、ローズマリー様。ありがたくいただきますね」

「私の分もどうぞ！」

「私のも！」

「私のはこちらで――」

「おおっと？」

ローズマリーから食べ物を受け取ると、堰《せき》を切ったように次々と女生徒たちが俺に食べ物を渡してくる。

最初に受け取ったものだから、他の子のも受け取らないと角が立つ。重箱やら、作りたての料理やらが載《の》ったサービスワゴンみたいなのを全て受け取った。

とんでもない量だ。普通の人間なら十人くらい集まっても食べきれるかどうかの量。

だが、ユーグラムは食べようと思えばいくらでも食べられるのでおそらくいける。

問題は……、

「ぐ、ぬぬ！」

背後で奥歯をぎりぎりと嚙《か》み締めるアイリスだ。

せっかく彼女が高級ステーキを奢《おご》ってくれると約束してくれたのに、さすがにこれだけ多いとゆっくり食べられないな。

「ねぇ、アイリス」

「なんですか、モテモテのユウさん」

「なんか棘《とげ》ない、君」

「気のせいです。それより、用件を言ってください」

「俺……アイリスと一緒にお昼食べたいんだけど、ダメかな？」

「ッ⁉」

アイリスの顔がみるみるうちに真っ赤に染まった。不意打ちだったのか、彼女は口元を押さえて、

「～～～～！」

なにやら小さく奇声《きせい》を発していた。

ひとしきり奇声を流すと、彼女は口から手を離して、

「は、はいぃ……ユウさんがそう言うなら、私はもちろん――」

「待ちたまえ」

ぴしゃり。

またしてもアイリスの言葉を遮る声が届いた。

サアアアアァ。

アイリスの表情が一瞬にして絶対零度《れいど》のものに。目の前にやってきた男子生徒を睨む。

「あなたは……コンラッド公爵《こうしやく》子息様」

「コンラッド？」

誰そいつ。なんか聞き覚えあるような……。

「コンラッド公爵家の嫡男《ちやくなん》で、その……私の……」

「私の？」

「こ、婚約者候補の方です……」

「ほほう」

じろり。

俺は目の前に立った茶髪のハンサムくんを見つめる。

見てくれは前世基準でプレイボーイみたいな奴だ。人を見下したような笑みを浮かべ、いかにも貴族のお坊ちゃんって感じ。

「コンラッドなどと冷たい言い方はよしてください、アイリス殿下。我々の仲でしょう？　ミハイル、とお呼びください」

「我々の仲？　確か、あなたとは婚約者候補の関係でしかなかったと記憶していますが？」

俺とは一転、アイリスは彼に冷たくそう言い放った。

コンラッドくんはぴくりと眉《まゆ》を動かすと、ぎこちない笑みのまま、

「ぼ、僕は、アイリス殿下と婚約できればいいと思っていますよ？　それが国のためにもなりますから」

ぎりぎり爽《さわ》やかに笑う。

だが、

「私はそうは思いませんね。それに、決めるのは父です。私ではありません」

とアイリスはばっさり切り捨てた。えぐっ。

「つれないですね……もしやそこにいる彼が、新たな婚約者とは言いませんよね？」

「ッ⁉」

かぁ。

アイリスの顔がお馴染《なじ》みの真っ赤に。そこまで照《て》れてくれたのは嬉しいけど、ミハイルくんは怒ると思うよ？

案の上、ミハイルくんの顔も真っ赤になった。照れたアイリスとは違う。完全に怒り顔だ。

「ぐっ！　ほ、本当にそこの男と？　おかしな仮面をつけた顔だけの男でしょう⁉」

おいてめぇ。俺のことはいいが仮面の悪口は許さんぞ。

レディならいいが野郎はノーだ。男には厳しいぞ俺は。

「失礼なこと言わないでください！」

そうそう。言ってやれアイリス。

「確かにユウさんの仮面は不気味で気持ち悪いですが、ユウさんは顔だけの男性ではありません！」

おいいいい！

一番否定してほしいところを貶《けな》されましたが!?　お前ら人の仮面のことさらっとディスってんじゃねぇぞ！　いくらラスボスだからって傷つかないわけじゃないんだからね!?

心はとってもナイーブなのだ。

「ならば僕のことも見てください！　僕は、あなたのためなら――」

「ですから、相手を選ぶのは父です。私が意見を言うこともありますが、少なくともあなたにとやかく言われる筋合《すじあ》いはありません！　それに、人のことを馬鹿にする人は嫌いです！」

ここぞとばかりに鋭い一撃がミハイルくんに入った。彼は心に多大なダメージを受けて沈む。

胸を押さえ、なぜか俺を睨む。

「く、くそっ！　お前が現れたせいで……！」

えー、関係ないやんけ。性格は自己責任だよ、ミハイルくん。

俺がひらひらと手を振ると、さらに顔を真っ赤にして彼は立ち去っていった。

うーん……彼とは仲良くなれる気がしないなぁ。

▼△▼

「いやぁ、濃い奴だったなぁ、アイリスの婚約者」

ミハイルくんがいなくなり、約束どおりアイリスと二人きりで昼食を摂る。

だが、重箱のおかずをフォークでぶっ刺した俺に、アイリスは猛獣《もうじゅう》のごとく吠《ほ》えた。

「婚約者じゃありません！　婚約者候補です！　候補！」

「あー、はいはい。それね」

別に婚約者だろうと婚約者候補だろうとどっちでもいい。俺はアイリスの意思を尊重するよ。

アイリスが結婚したい奴とくっつけばいい。

彼女は父親である国王の指示に従うと言っていたが、最終的には彼女自身が選ぶべきだ。

もしそれでミハイルくんが選ばれたとしたら、俺はきっと両手で拍手を…できる自信はなかった。

「うーん……そっか」

「？　どうしました、ユウさん。まだあの方を気にしているんですか？」

「そりゃあ気にするよ。もぐもぐ……アイリスの婚約者候補だなんてね」

「ユウさんにはあまり関係ない話でしょうに」

「そうかな？」

そうでもないさ。

なぜなら俺は、

「俺、結構アイリスのこと好きだよ？　普通に嫉妬《しっと》くらいする」

そういうわけだから割り切れない。

普通にミハイルくんのことが嫌いになりそうだし、どう頑張っても仲良くはなれない。

この気持ちがアイリスへの純粋な好意かと訊ねられると弱いが、憧《あこが》れもまた好意の一つだと俺は捉《とら》える。

そもそも、どんな気持ちも最終的に好きに行き着けば同じだ。そういう意味では、やっぱり俺はアイリスのことが好きだったりする。

清廉潔白《せいれんけっぱく》な乙女《おとめ》。誰よりも努力する少女。物語を見ていた頃とは違う。間近《まぢか》で接したからこそ、その気持ちはより高まった。

「ぴ、ぴぇっ……」

「ぴえ？」

ぴえん？　もう古くない？　それ。

そう言おうと思ったが、それより早くアイリスは叫んだ。

「ぴえええええええ!?」

「うおっ!?」

びくっ。

あまりにもデカい声に俺がビビる。

何事かと思ったが、アイリスは顔を真っ赤にしたまま椅子から立ち上がった。びしりと俺のことを指差し、

「ゆ、ゆゆ、ユウさんの……」

「？」

声を震わせた彼女は、最後にもう一度叫んだ。

「いけめえええええんッッ！」

窓ガラスを破りかねない勢いで彼女は吠える。そのまま走って部屋を出て、凄い速さでどこかに消えた。

一人取り残された俺は、

「……………な、なんだったんだ？　情緒不安定？」

とツッコミながらも、とりあえずアイリスが戻ってくるまでの間、一人で食事を続けた。


リンゴーン、と校内に鐘の音が響き渡る。

お昼休み終了の合図だ。

鐘が鳴る十分ほど前に戻ってきたアイリスは、いまだ赤い顔のまま言った。

「そ、そろそろ……午後の授業が始まりますね。急いで訓練場へ行きましょう……」

「訓練場？」

「はい。学園の授業は通常、午前中が座学、午後は実技による剣術や魔力の訓練になっています」

「へぇ……それはまた」

実践的《じっせん》な授業内容じゃん。魔物なんて物騒《ぶっそう》な存在がいる世界だ、それくらいのことはするか。

納得して椅子から立ち上がる。

結構な量の昼食を摂ったからな、さすがに少し体が重かった。

「平気ですか、ユウさん。あれだけの食事を摂って」

「平気平気。いつもより体は重いけど、あれくらいが適量だよ」

「人間じゃありませんよ、それ」

「遠回し……でもないな。俺は人間じゃないと？」

「不思議な生き物かもしれませんね」

ふふっと笑ってアイリスは部屋を出る。

その背中を追いかけながら、

「人間ですよーだ」

と小さく反論してみた。

▼△▼

アイリスと共に訓練場とやらに向かう。

お昼の重箱とかワゴンとかは、アイリスが呼んでくれた別の使用人たちが片付けてくれるから楽だ。王族って最高だなぁ。

「ユウさん、あちらが訓練場ですよ。大きな建物なのでわかりやすいでしょう？」

「ん？　おお。ずいぶんと立派だな」

前方に校舎ほどの超巨大な建物が見えた。あれ全部訓練場？　金かけすぎじゃない？

そんな俺の内心を読み取ったのか、アイリスが、

「実技はこの世界において必須《ひっす》の科目ですから。毎年、優《すぐ》れた剣士を輩出《はいしゅつ》する礎《いしずえ》のようなものですよ、こういうところは」

「ほーん。立派なことで」

王国はちゃんと自国の民を教育して兵士にしている。貴族とかが出兵を義務づけられたりしていて素直に凄いなと思う。

帝国なんて無理やり民を兵士にして使い潰すからな。おかげで年々兵士の数は減っていくばかりだ。それも、他国を侵《おか》して民も金も兵士も奪えばいいという方針で、大変強引なやり方だ。

「ちなみにユウさんは教師の方に頼んで私の相手をしてもいいようになっています」

「おい、なんだそれ。聞いてないぞ」

「今言いましたからね」

「……俺は昼間くらい休みたいんだが」

訓練の相手なら早朝と夕方付き合ってやってるだろ。何が嬉しくて昼までお前の相手をせねばならん。

ぶすっとした表情を作って、そのまま二人並んで訓練場の中に入る。訓練場には、俺たち以外にもたくさんの生徒の姿があった。

皆、アイリスと同じクラスの生徒だ。その中には当然、俺のことを目の敵《かたき》にするミハイルくんも。

ミハイルくんは俺を見つけると、じろりと睨んでこちらにやって来る。

——げっ。なんだあいつ、また何か用か？

身構える俺の前で足を止めると、ミハイルくんはびしりと俺の顔に人差し指を向けてきた。

人の顔を指さすなって言われなかったのか？　なに？　折っていいの？　その指。

「おい不審者」

「…………？」

どうやらミハイルくんの用事は俺じゃなかったようだ。ちらりと背後を見る。そこには誰もいない。

首を傾げた俺に、

「お前だお前！　アイリス殿下の護衛役！」

「お、俺のことか⁉」

向けていた指で突《つ》いてくる。

やっぱその指折っていいか？　ちょっとイラッとした。

「お前以外に誰がいる！　その仮面を外して、僕と勝負をしろ！」

…………はい？

なに言ってんだ、こいつ。


突然、アイリスの婚約者候補だった男、ミハイルくんに勝負を挑《いど》まれた。

正直言って俺に勝負を受ける理由は微塵《みじん》もない。戦う理由からしてないのだ。

困惑《こんわく》する俺を置いて、ミハイルくんは続けた。

「もちろんこの僕が戦ってもいいが、それじゃあ面白味に欠ける。ここは――お互いの護衛の実力を測《はか》るというのはどうでしょう、アイリス殿下」

「お互いの護衛の実力を……？」

話を聞いていたアイリスは首を傾げる。

ミハイルくんは自信満々に頷く。

「ええ。そこの護衛はアイリス殿下の護衛に相応《ふさわ》しいかどうか、この僕が見極《みきわ》めてあげます」

「なぜあなたが私の護衛を見極める必要があるんですか？」

「僕は殿下の婚約者ですから」

「婚約者候補です。それに、そんな提案認められるわけ――」

「いいよ、別に」

アイリスより先に俺がミハイルくんに返事をした。

ぴくりとミハイルくんの眉が反応を示す。目を吊り上げて、

「ほう……ずいぶん自信があるようだな」

「お前の護衛をボコボコにすりゃいいんだろ？　それなら時間はかからないからさっさと始めよう」

「貴様ッ！」

じろり。

ミハイルくんの瞳が細められた。鋭い視線が俺の仮面を貫《つらぬ》く。

だが、ユーグラム――ラスボスにその程度の威圧《いあつ》は通用しない。涼しい顔でミハイルくんを見つめ返した（仮面をつけているから相手はこっちの表情がわからないのに）。

「一度吐いた言葉は取り消せないと知れよ？　もう遅いぞ」

「はいはい。いいから早く準備しろよ。こっちはいつでもいいぞ」

「ッ！　舐めた口を……その顔がグチャグチャに変わる様《さま》をアイリス殿下に見せてやる！　お前ら！　そいつを痛めつけてやれ！」

「ハッ!!」

ミハイルくんに命令された二人の騎士が、重厚な鎧《よろい》をかしゃりと鳴らして地面を蹴った。

「二人がかりとは卑怯《ひきょう》な！」

アイリスが叫ぶ。だが、もう騎士たちは止まらない。

ミハイルくんも、

「俺は一人とは一言も言ってませんよ？　やだなぁ、アイリス殿下」

とへらへら笑っていた。

しかし、たとえ百人に増えようと俺には関係なかった。騎士たちは真剣――ではなく、それが納められた鞘《さや》を振るう。

木剣くらい用意してこいと言いたかった。

振り下ろされた一撃が、まっすぐに俺の頭部に迫る。アイリスは心配していない。それより

彼女は、小さく言った。

「……殺さないようにしてくださいね」

と。俺は返す。

「了解」

直後、騎士たちの剣が俺の頭部に当たる――前に止まった。

俺の展開する魔力障壁に阻《はば》まれ、彼らの攻撃は届かない。

「な、なんだ!?」

「これ以上剣が……！」

必死に力を籠《こ》めているようだが無駄だ。アイリスでも貫けない俺の魔力障壁を一介《いっかい》の騎士が壊せるかよ。

「どうした？　攻撃してこないのか？」

ちらりと騎士たちへ視線を送る。

騎士たちは苦しそうに呻《うめ》きながら剣を押し込もうとするが、それ以上は1ミリたりとも俺に近づくことはなかった。

背後でミハイルくんが苛立《いらだ》つ。

「おいお前ら！　何をしている！　さっさとそのウジ虫を痛めつけろ！」

「だ、ダメです！　剣が届きません！」

「何か壁のようなものが……くそっ！」

「ははは。これが公爵家の護衛か。ずいぶんと質が悪いね。……もしかして、お金に困ってるくちかい？」

魔力を右脚に流す。充分に筋力を強化すると、頑丈《がんじょう》そうな鎧を着た騎士たちに蹴りを入れた。

一発、二発。続けて騎士たちは後ろに吹き飛んでいく。

その先には観戦していたミハイルくんが。

「ひぃっ⁉」

飛んできた騎士たちを避《よ》けることができず、ミハイルくんはその鎧の下敷きになった。

「ぐえっ」

苦しそうな声が漏れ、護衛の騎士たちとともに地面に倒れる。

必死に起き上がろうとするが、鎧が重すぎて立てなかったようだ。

乗っかった騎士たちも、鎧越しに受けたダメージに白目を剥《む》いている。あれではすぐには目を覚まさないな。

「た、助けっ……！　誰か！」

ミハイルくんが苦しそうな顔で手を伸ばす。

意外と元気そうだった。足りないのはパワーだ。

「お疲れ様でした、ユウさん。次は私の相手をしてくれるんですよね？」

「ん？　別にいいけどあれはいいの？」

人差し指でミハイルくんを示す。

アイリスは涼しい顔で首を傾げた。

「勝手に起き上がって授業を受けに行くでしょう？　別に私が手を貸す義理はありません」

「お、おう……」

アイリスの目はマジだった。

怒ってもいないし悲しんでもいないし楽しんでもいない。

心底《しんそこ》どうでもいい風に答えた。

ちょっとだけ背筋《せすじ》がゾッとする。

だが自業自得だ。俺もアイリスの意見に同意を示す。

その場から離れ、木剣を構えたアイリスの相手をすることになった。

教師が助けるまでの間、他の生徒もミハイルくんから視線を逸らす。

嫌われすぎだろ。

▼△▼

ミハイルくんの件があってから数日後。

今日は学園は休みだ。何をして過ごすかナナと考える。そこへ、扉がノックされてアイリスの声が聞こえた。

「ユウさん、いますか」

「アイリス？　どうしたの、入っていいよ」

「失礼します」

許可を出すと扉を開けてアイリスが中に入ってきた。彼女は俺を見ると、

「来週、何か予定はありますか？」

と端的《たんてき》に訊ねてくる。

直感的に俺は答えた。

「超ある」

だが、

「ではキャンセルしてください。大事な用がありますので」

とアイリスは無慈悲《むじひ》に俺の予定を切り捨てた。

「大事な用？　大掃除でもするの？」

「それは使用人の仕事です。ユウさんにお願いしたいのは、私の公務ですよ」

「公務ぅ？」

それって国の重要な仕事だろ？

他国の皇子に任せてもいいのかね。

首を傾げた俺の内心をアイリスは察する。真面目《まじめ》な表情を浮かべて言った。

「当日は少し遠くへ出向きます。魔物の討伐《とうばつ》を行うことになるでしょうから、遠慮なく参加してください」

「めんどくちゃい」

「お願いします」

「めんどくさい」

「お願い、します」

「いやだから……」

「お・ね・が・い・し・ま・す」

「…………へい」

なんということでしょう。一国の王女が護衛役を脅迫《きょうはく》しました。

断り続けても永遠ループすることがわかっていた。だから頷くほかない。

俺は肩をすくめ、傍《そば》にいたナナに声をかける。

「ナナ～。どうやら、少しだけ面倒《めんどう》な依頼が舞い込んできたっぽいよ」

七章

Chapter 7

次の休日。

アイリスと約束した王都近隣の村への遠征の日がやってきた。

いつものお気に入りの仮面をつけた俺と、暗殺者っぽい黒い外套《がいとう》に身を包んだナナが、一緒に部屋を出る。

すでに廊下には完全武装のアイリスの姿が。

「おはようございます、ユウさん、ナナ」

「おはようアイリス」

「おはよう」

挨拶《あいさつ》を済ませて俺たちは共に廊下を歩く。

「今日から数日は、ある村に滞在して、魔物討伐《とうばつ》を行います。問題はありませんね？」

「面倒《めんどう》って点を除けば問題ないな」

「つまり平気ってことですね」

「頑張る」

　意外なことにナナはやる気満々だった。

　彼女にとって実戦は初めてのこと。魔物に対して暗殺術は効果が薄いが、アイリスの護衛が主な役割だ。きっとナナなら上手《うま》くやってくれる。

　え？　俺との戦闘？　あれはノーカンだろ。

「ちなみにアイリスよ」

「はい」

「その村には何か面白《おもしろ》いものとかないの？」

「面白いもの？　ありませんよ、普通の村ですから」

「そっかぁ……退屈な遠征になりそうだね」

「王国の民を助けるための行いです。不謹慎《ふきんしん》ですよ、ユウさん」

「はーい」

　そうは言っても俺がやるべきことはほとんどない。

　遠征には他にもたくさんの騎士が同行する。彼らの前で俺が勝手に暴れるわけにもいかないし、アイリスは普通に強いから護衛の必要もほぼない。

　傍《そば》でただ戦いを眺《なが》めるだけなんてあまりにも退屈だ。不謹慎なことの一つも言いたくなる。

　階段を下りて一階へ。玄関扉をくぐると、前庭のほうに数多くの騎士がすでに集まっていた。

「おーおー、みんな準備完了ってか？　やる気に満ちてるね」

「それだけ正義感が強いってことですよ。本来は私も彼らと一緒に馬で移動しますが……今回は馬車でユウさんたちと一緒に行きます」

「なんで？」

「……ま、まあ、たまには馬車も悪くないかと思いまして」

嘘《うそ》つけ。馬車の荷台には物が詰まってるから窮屈《きゅうくつ》だろ。どうせ俺たちに付き合ってくれようとしてるだけだ。

だから、まあ特に文句は言わず、

「そうかい。奇特なことで」

と笑っておく。

アイリスが装備や荷物の最終チェックをするために騎士たちと話し合いに行った。その姿を見つめながらぼうっとしていると、背後から気配が。振り返ると、アイリスの侍女《じじょ》アイシャがいた。

「ユウさん、長旅になるとは思いますが気をつけてくださいねぇ？　ナナちゃんも」

「アイリスや騎士の人たちがいるから大丈夫ですよ。必ず殿下《でんか》を無事に帰らせます」

「ふふ。それなら～、昨日アイリス殿下も同じことを言ってましたよぉ」

「アイリスが？」

「ユウさんは私がしっかり見ていないと何をしでかすかわかりません！　ずっと一緒にいないと！　って」

アイシャがキリっとした表情を作ってアイリスの真似《まね》をする。

俺は思わず吹いた。

「ぷぷっ。アイリスの真似が上手ですね、アイシャさん」

「それはもう〜。殿下とは長い付き合いですからぁ」

でも言ってることは俺と全然違うな。意味合い的には近いんだろうけど。

「私としては、やっぱりアイリス殿下もユウさんも、それにナナちゃんも無事に帰ってきてほしいです」

「ご安心を。何が起こっても俺がまとめて解決してみせますよ」

アイリスを守るためなら全力だって出そう。ラスボスがあらゆる危険なフラグをへし折る。

グッと親指を立ててアイシャさんに応《こた》えると、彼女はくすくすと笑ってから頭をぺこりと下げた。

「どうか、殿下をよろしくお願いします」

「はい」

「？　お二人で何を話しているんですか？」

騎士たちとの話し合いを終えたアイリスが会話に混ざってくるが、俺はあえて本当のことは言わなかった。

「何も〜？　アイリスは今日も可愛《かわい》いなって」

「かわっ!?　ふ、ふざけたことを言ってないで行きますよ！　皆さんが待ってます！」

「へーい」

アイリスに腕を摑《つか》まれて馬車まで引きずられていく。

「アイリス殿下、ユウさん、ナナちゃん、いってらっしゃいませぇ」

もう一度こちらに頭を下げたアイシャに俺たちは同時に手を振った。

「いってきます、アイシャ」

「いってきまーす」

「……いってきます」

俺たち三人が馬車の荷台に乗り込むと、馬車はゆっくりと動き出す。

騎士団を率《ひき》いて街の外へ出た。

舗装されていない道を、馬車はガタガタと揺れながら移動する。

俺は退屈に負けて早速《さっそく》アイリスに話しかけた。

「それで？　今回は近隣の魔物を討伐するだけなのか？」

「はい。前にユウさんと出会った時にも同じことをしてましたね。あの時は王都の近くでしたが、今回は少し遠出をします」

「大変だねぇ、騎士は」

「そうでもありませんよ。それに、貴重な実戦の経験も得られますから。意外とみんな頑張るんですすよ」

「勉強でもあると」

　本当に帝国には王国を見習ってほしかった。凄《すご》く今更《いまさら》な話ではあるが。

「ところでユウさん」

「ん？」

「ユウさんは戦われるのですか？」

「今回の魔物討伐で？」

「はい」

「いや、俺は戦わないよ。みんなの手柄《てがら》を横取りする趣味はないさ」

　ただでさえ俺はアイリスの護衛役《ごえいやく》としてかなり特別扱いされている。これ以上目立ってもいいことはないし、彼らの獲物《えもの》を奪って恨《うら》まれたくもないからね。

　少しでもいい印象を持ってもらうためには、ここは何もしないが賢《かしこ》い選択だ。

「わかりました。気が変わったらいつでも言ってくださいね」

「アイリスは俺に魔物を倒してほしいの？」

「いえ、そういうわけでは。ただ、ユウさんだけが我慢《がまん》するのは違うでしょう？」

「我慢って……俺は別に戦闘には興味ないよ。適当に休んでるから好きにやってくれ」

「ユウさんらしいですね」

くすくすとアイリスは小さく笑う。

そのとおりだ。俺は俺らしく怠惰《たいだ》に生きる。アイリスやナナが危険に晒《さら》されたら当然助けるが、それ以外は基本的に見守るのがモットーだ。

自由にのびのびと、積極的にアイリスたちには頑張ってほしい。

雑談もそこそこに、俺は仮面をつけたまま昼寝を始める。

ナナも俺の隣で目を瞑《つむ》って意識を落とす。アイリスはなぜか楽しそうに、じっと俺のことを見つめていた。

▼△▼

しばらく馬車は走る。

周りには多くの騎士たちが馬車を囲むように、馬車を先導するように並んでいた。

そんな時間が一時間、また一時間と経過するごとに目的地が近づいてくる。

およそ数時間、そろそろ尻《しり》が疲労と痛みを訴えてくる頃だった。ようやく馬車は小さな村の一角に到着する。

その村は数百人規模の小さな村。

元々は王国に住んでいた住民たちが、税金が払えなくなり、人口政策上の理由もあって追い出される結果になったため仕方なく築きあげた場所だ。

五メートルほどの大木を切り、しっかりと外皮を削《けず》り取って形を整え、一定の間隔《かんかく》で地面に打ちつけてびっしりと村を囲むように配置された壁を見ると、ここは王都ではなく外の世界なんだとわからされる。

馬車が正門の二十メートルほど前で停《と》まると、長槍《ながやり》を持った二人の門番が、ぺこりとこちらに頭を下げた。

騎士たちを代表して馬車からアイリスが降りる。俺とナナはその後ろに続いた。

「こんにちは。私はアイリス。アルドノア王国第二王女のアイリス・ルーン・アルドノアと申します」

「あ、アイリス殿下!?　今回の巡回と魔物討伐はアイリス殿下が？」

門番の一人、短めの茶髪の青年がアイリスを見て狼狽《うろた》える。目の前に第二王女こと神の御子《みこ》が現れたらそりゃ驚くか。

アイリスは人当たりのいい笑みを浮かべて頷《うなず》いた。

「はい。父——国王陛下《へいか》より許可をもらい、最近は私も騎士たちに同行し魔物の討伐を行っています。今回、後ろに控《ひか》える騎士や私の護衛たちが任務にあたりますが、問題はございませんか？」

「えっと……そうですね。問題はないと思います。空《あ》き家はありませんが……」

「承知しています。テントを持参しているので、村の中で適当にひらけた場所を貸していただければと」

「はっ！　ではどうぞ村の中へ。村長の自宅は村の中央にあります。もし場所がわからないようでしたら村民に訊《き》いてください。全員が知ってますから」

「ありがとうございます」

お礼を言ってアイリスは門番たちが開いた門の内側へと進む。俺とナナもそれに同行した。

横を通り抜ける際、

「な、なんだあの仮面？　気持ち悪いな……」

「あれがアイリス様の護衛なのか？　ちょっと怪《あや》しいぞ？」

という声が聞こえた。

それでも俺の進入を止めないのは、俺がアイリスの護衛だと思っているからだろう。実際、アイリスの近くを歩く俺を止めて重要人物だった場合、罰《ばっ》せられるのは彼らだ。

異世界は治安が終わってるからね。こういうところは助かる。

気にせず村の中に入った。遅れて騎士たちが馬車と共に続く。

門を抜けてすぐ、道なりに歩いていくと数十秒でいくつもの家屋が見えてきた。

どれも木製の古臭い家だったが、王都にある一軒家くらい大きい。

「へぇ……結構いい所だね」

「そうですね。村民たちが力を合わせて過ごしているのはいいことです。追い出した側の私がそんなこと言えた義理ではありませんが」

「しょうがないさ。どこも似たような問題はあるし、生きるための条件はそれぞれに違う。居《い》候《そうろう》してる俺が言えたことじゃないけどな」

「ふふ、本当ですね」

互いに笑いながら村の奥を目指す。

しばらく歩くと、子供たちが走り回る中央広場のような場所に辿《たど》り着いた。近くを走っていた子供が、

「あれー？　騎士様？　騎士様がいるー！」

「お客さんだお客さん！」

「でも変な仮面の人もいるよ？」

「不審者《ふしんしゃ》だ不審者！　俺知ってるー！」

と指を向けてけらけら笑う。

いくら俺でも子供の悪口に怒ったりはしない。膝《ひざ》を曲げて、

「おいこらガキ。どこが不審者だ。この仮面カッコいいだろ」

と声を低くして言った。

子供たちは気にせず首を傾《かし》げる。

「でもなんか不気味ー」

「それがいいんだよ。お前たちも成長して大人になればわかるさ。この仮面の良さが」

「子供たちに変な影響を与えようとしないでください」

上からアイリスの冷静なツッコミが入る。

見上げ、俺はやや不満げに述べる。

「それは俺の仮面が変てこってことか？　それともただの嫌味か？」

「どっちもです。それより早く行きますよ。村長さんにお話があるんですから」

「話？　魔物を探してぶっ殺すって話じゃなかったの？」

「違いますよ。確かに魔物は倒しますが、その前に村長さんに聞きたいことがあるんです」

「聞きたいことねぇ」

立ち上がって、歩き出したアイリスについていく。

「なんでも最近、この辺《あた》りで魔物の発見報告が増えているらしいですよ」

「そりゃ外なんだから魔物くらい出るだろ」

「いえ、この辺りは王国の騎士たちが定期的に巡回して魔物を間引《まび》いています。普通は増えません」

「それでも出る時は出るだろ」

「……ええ。問題なのは、その魔物の種類です」

「種類？」

「小型のゴブリンや灰色狼《はいいろおおかみ》だけじゃないんですよ。中型のオークなんかも発見されています」

「中型……って、それは確かにまずいな」

中型の個体ともなると、普通の一般人ではまず勝てない。

小型までなら一般人でも武器を持てば勝てる。だが、そこから先は魔力がないと絶対に超えられない壁がある。

騎士たちみたいに鍛《きた》えていれば話は別だが、ただの村民が騎士たちほど戦えるわけがない。

平和を享受《きょうじゅ》する彼らからすれば、中型の魔物はまさに悪魔に等しい。

「被害は？」

「幸いなことに、中型の魔物を発見したのは騎士です。これから話を聞きますが、村人の被害はおそらくゼロではないでしょうか。せいぜい小型の魔物と出会って怪我《けが》をしたくらいかと」

「ふーん。でも、ずいぶんきな臭い感じになってきたな」

「きな臭い？　何か知ってることが？」

「いんや。ただ、定期的に魔物を討伐してるのに減らない魔物……強い個体。それらが単なる偶然か怪しいってこと」

「この森で何かが起こっていると？」

「確証はないけどな」

あくまで俺の勘《かん》に過ぎない。そんな気がするだけで、そう大したことではないのかもしれない。

しかし、妙にこの状況に覚えがあった。その曖昧《あいまい》な記憶が、まるで小骨のように喉《のど》に引っかかっている。

思い出せれば楽なんだがな。あいにくとモヤがかかったように思い出せない。

仕方がないので、時間が解決してくれるのを待つことにした。

村長宅も見えてきて、アイリスは扉の前に立ってノックする。

少しして扉が開いた。

「はい」

老齢の男性が姿を見せる。外見年齢はだいたい六十から七十ってところか。

その男性にアイリスはぺこりと頭を下げた。

「こんにちは。この度、魔物を討伐に来たアイリスと申します」

「騎士様？　いや、その目は……アイリス殿下!?」

「どうも。本日は村長さんにお話を伺《うかが》いたく足を運びました。お時間よろしいでしょうか？」

「ももも、問題ありませんが……いえ、どうぞこちらへ。汚い場所で恐縮です」

「ありがとうございます」

緊張した様子の村長に家の中に通される。

汚いなんて謙遜《けんそん》だ。木の香りが立ち込める綺麗《きれい》で広い家だった。

リビングに向かうと、そこには二人の見知らぬ女性が。一人は村長の奥さんだろう。顔に刻《きざ》まれたシワと年齢がそれを示唆《しさ》している。

もう片方は母親の面影《おもかげ》を映した美人な女性――たぶん、二人の娘さんだ。

村長夫人と娘さんは、いきなり家の中に入ってきたアイリスを見て驚く。

夫人はともかく、娘さんのほうはすぐにアイリスが誰か理解した。目を見開き、叫ぶように声を発する。

「あ、アイリス殿下ぁっ!?」

「こんにちは。急な訪問ですみません。村の近くに出没《しゅつぼつ》する魔物の討伐のために伺いました。村長さんと折り入って話があるため入室をお許しください」

「ははは、はいぃ……その、後ろの方々は？」

ちらりと娘さんの視線が俺とナナに向く。

まあ気になるよね。さっきから村長夫妻もずっと俺のことを見てるし。

やっぱりこの仮面か……しょうがない。

俺はアイリスのために、少しでも不信感を拭《ぬぐ》おうと仮面を外して挨拶する。

「アイリス殿下の護衛役を賜《たまわ》っているユウです。故《ゆえ》あってこのような仮面をつけていますが、気にしないでいただけると」

そう言ってぺこりと頭を下げると、すぐに仮面をつけ直した。

俺の顔を見た娘さんが、

「かかか、カッコいい……」

と小さく感想を呟《つぶや》く。

ユーグラムの顔はまさに絶世の美貌《びぼう》。たとえアーティファクトで色を変えていようとそれは変わらない。

また一人ファンを作っちゃったのかな？

内心でくすりと笑って何も返さない。目の前のアイリスが、

「…………ふんっ」

と大変ご立腹だからだ。

仮面を外さないと怒るくせに、仮面を外しても怒るから面倒だね。可愛いけど。

「ご、ご丁寧《ていねい》な挨拶をありがとうございます。ささ、アイリス殿下はこちらに。いつまでも殿下を立たせておくのは忍びありませんから」

そう言って村長さんがアイリスに席を勧《すす》める。

アイリスはお言葉に甘えて座った。俺も座りたかったが、真面目《まじめ》な空気を読んで立ったまま

無言を貫《つらぬ》く。

じっといつまでも突き刺さる娘さんの視線だけが気になった。

「それでは時間を無駄にするのもなんですので、早速、本題に入らせていただきます」

席に座ったアイリスが話を切り出す。

「まず始めに、村長さんにお聞きしたいことがあります」

「は、はい」

「緊張なさらないでください。単なる調査の一環《いっかん》ですから。――それで、質問というのは……、ここ最近村に魔物は現れましたか？」

「魔物……つい先日もゴブリンが数体ほど。門番が討伐してくれたので特に問題はありませんでしたが」

「中型の魔物は？　オークなどの大きな個体です」

「それはまだ確認されていませんね。もしやそんな個体がこの辺りに？」

「騎士たちの情報によると間違いありません。なので、今回は大規模な掃討《そうとう》を行います」

アイリスの言葉に、明らかに村長はホッと胸を撫《な》で下ろしていた。

「そ、そうでしたか……よろしくお願いします」

「気にしないでください。これも仕事ですから。ちなみにですが、この辺りに――」

アイリスの質問はおよそ十分ほど続いた。

内容はどれも大したものではない。本当にただの質問による調査だった。

それを聞きながら、俺はますます頭が痛くなる。

やはり俺は、今回の騒動《そうどう》に関して何か覚えがある。というか、先ほどの会話でハッキリした。

思い出したのだ。

これは——原作で起こるイベントだった。

▼△▼

「……はい、ありがとうございました。質問は以上になります」

アイリスの話が終わる。

ごくごくわずかな時間でアイリスは充分な情報を得た。

席を立ち、

「では、明日から我々は森の中に展開し、魔物の索敵《さくてき》および討伐を行います。くれぐれも村の外に出ないよう村民たちに通達を」

「畏《かしこ》まりました。よろしくお願いします」

ぺこりと頭を下げた村長さんたちと別れ、アイリス一行は外に出る。

楽しそうにいまだ広場中を駆け回っている子供たちを見て、アイリスが零《こぼ》した。

「ユウさん」

「ん？　どうしたの」

「子供たちのためにも、村長や村民のためにも……私、頑張ります」

「……そっか。いいんじゃないか。それはアイリスらしい理由だ」

「はい。村長さんたちは泣きそうな顔で喜んでいました。その想いに応えるため、私は剣を振るいます！」

「なら俺は、そんなアイリスの手伝いでもしようかね」

くるりと踵《きびす》を返してアイリスたちとは別方向を向いた。明後日《あさって》の方向の空を見上げる。

「ユウさん？　何をするつもりですか？」

「いやね、なんだかこの展開に覚えがあってさ。もしかすると面倒なことになってるかもしれない」

「面倒なこと？」

「ああ」

振り返り、視線を戻す。

こちらを見つめるアイリスに真面目な声で言った。

「もしかするとこの村の近くに――ダンジョンができているかもしれない」

それも、魔物たちが出てくる可能性のあるダンジョンが。

「ダン……ジョン？　ダンジョンってあのダンジョンですか？　魔物を生み出し続けるっていう」

俺の言葉にアイリスは目を見開いて聞き返す。

俺は頷いた。

「そう。そのダンジョン。おかしいと思わないか？　定期的に魔物を討伐してるのに、減るどころか中型の個体まで現れている。別にこの辺りは魔物がとりわけ多く生息してるとかそういうわけじゃないんだろ？」

「は、はい……ですが、いくらなんでも思い込みでは？」

「だからこそ、俺は今回、アイリスたちとは一緒に行動しない」

「え？」

「どうせ暇《ひま》だからね。ちょっと明日、一人でこの辺りの調査でもしてみるよ」

単体として強いラスボスにはお似合いの任務だ。

そう思ったが、アイリスは狼狽えた。

「ま、待ってください！　ユウさんは私の護衛役ですよ？　私の護衛は……」

「ナナがいるじゃん。ナナは充分強いよ。だからアイリスのことは任せるね、ナナ」

「了解」

ナナは二つ返事で引き受けてくれた。だが、いまだにアイリスは納得していない。ぷくぅ、と頰《ほお》を膨《ふく》らませて怒っている。

「なんですかそれ！　私の護衛より大事なことなんですか！」

「そりゃ、この村のためにも大事だろ。万が一にもダンジョンができていたら、困るのは村の人たちだからね」

「うぐっ……それを言われると弱いです……。わかりました。くれぐれも無茶をしないでくださいね」

俺はお前の子供か、と思ったがあえて反論はしない。アイリスなりに俺のことを心配してくれているってことだ。

「はいはい。わかってますよ母さん」

「誰が母さんですか！　いいから夜に備えてテントを張りに行きますよ！」

ぱしっ。

アイリスに腕を摑まれて無理やり連行される。

徐々《じょじょ》にその手が、俺の手まで下がってきて……お互いの手が重なったのは秘密だ。

アイリスなりの『一人にする条件』ってところかな。悪くはないので俺はツッコまないでおいた。

しかしナナが、

「二人とも何してるの？」

勇気ある特攻を仕掛けてきた。

他の騎士たちにバレる前に、残念ながらアイリスの手は離れてしまう。

あーあ、だ。


やや残念に思いながらも、俺たちは同行した騎士たちと共に、村の一角にテントを張る。

いつ村に魔物が押し寄せてきても対処できるように、今日一日は軽い調査しか行わない。

今日の村の周辺調査は他の騎士たちに任せ、俺やアイリス、ナナの三人と数名の騎士が村に残ることになった。

それはまだいい。運動しないと体が鈍《にぶ》るからとアイリスに打ち合いをお願いされたのもまだいい。

だが、なぜ。どうして俺とアイリスのテントが……一緒なんだ。


テントの前で頭を抱える。

「他にテントはなかったのか……？」

隣に並ぶアイリスにそう訊《たず》ねると、

「どうやら予備のテントがもれなく破損《はそん》していたようですね。これにはさすがの私もびっくりです」

「びっくりとかそういう問題なのか？」

なんだか怪しい気配を感じ取ったが、確信もないため黙っておく。

「そもそも、俺じゃなくてナナもいるだろ。ナナとお前が使えばいい。俺は適当に他の騎士のところに――」

「ダメですよ。万が一にもユウさんの素顔がバレたらどうするんですか。ここにはあなたの正体を知らない騎士もいるんですから」

「でもなぁ……王女様と一緒はまずいだろ」

「本人が許可します。同じベッドで寝ることになろうと問題ありません」

問題大ありだと思います。

逆になんでアイリスは男がいても平気なんだ。騎士だから他の男と一緒に寝ることがある？　それとも別に俺のことを男だと意識していないから？　ナナもいるし、それで安心してるとか？

彼女の気持ちがイマイチわからなかった。

「さ、それより水浴びの準備をしてください。最初は男性からですよ」

「切り替え早いなぁ……」

まあいいか。いつまでもぐちぐち俺だけが文句を言ったところでこの決定に変更はない。

肩をすくめ、タオルを手に村の近くにあるという川辺へと向かった。


「ふぃ〜。さっぱりした」

他の男性騎士たちと一緒に汗《あせ》を流して数十分。

クロールにバタフライと華麗《かれい》な泳ぎを見せつけてやった。そこそこ騎士たちの関心を集めることができたかな？

そんなわけで女性陣と交代して見張りにつく。女性の数は少ない…というかアイリスとナナしかいないため、テント周辺は一気に野郎どもの声で賑《にぎ》やかになった。

「それにしても……暇だな。アイリスの水浴びでも覗《のぞ》きに行くか？」

「パパ」

「うひょいッ⁉　じょじょじょ、冗談に決まってますやん！」

背後からナナの声が聞こえて飛び跳《は》ねる。気分的には三メートル以上跳躍《ちょうやく》した。

「？　何のこと？」

「え？　あ……いやなんでもない」

振り返ると、俺の背後にはナナしかいなかった。彼女はアイリスと一緒に水浴びをしに行ったはずなのに。

首を傾げる俺に、ナナは言った。

「パパ、来て。アイリス様が警備を任せたいって」

「……警備？」

いきなりの提案に俺は首を傾げた。

「騎士団に女性の裸《はだか》を覗くような人間がいるとは思えないけど、万が一を考えてパパが見張るの。それと、魔物にも警戒《けいかい》して」

「ナナもいるし大丈夫だろ」

「私はアイリス様と二人きりだと気まずい。近くにいて、お願い」

「めっちゃ弱気やんけ……」

無表情でそんな情けないこと言うなよな。

だが、ナナの気持ちもアイリスの気持ちも理解できる。俺が彼女の立場でも同じ選択をしたかもしれない。

やれやれ、とため息を吐きながらも俺はナナの言うことを受け入れた。

「わかったよ。行けばいいんだろ、行けば」

もしかするとラッキースケベな展開になるかもしれないしな！

密《ひそ》かに胸を躍《おど》らせながらナナと共に川へ向かった。

その途中、

「はい、これ」

ナナに白いタオルを渡された。

「なにこれ」

「目隠し用」

「……ですよねぇ」

そこまで現実は甘くなかった。ちゃんとラッキースケベが起こらないよう配慮されていた。

俺なら目隠しをした状態でも警備する分には問題ないと。

自《みずか》らのスペックの高さがここで足を引っ張るとは！　くっ！

受け取ったタオルを握り締めながら、俺はアイリスの裸を諦《あきら》めることにした。

川の近くに到着し、茂みに隠れて目隠しを――、

「――きゃっ！」

する前に、アイリスの悲鳴が聞こえた。

「アイリス!?」

俺は反射的に茂みから飛び出す。

魔物か？　そんな気配はなかったが……。

川辺へ走ると、そこには……全裸《ぜんら》のアイリスがいた。月の光に映し出されたのは、タオルで隠しても隠し切れない美しい白い肌《はだ》。腰や太もものあたりに付いた水滴が光を反射してキラキ

ラと輝く。

近くには他に何もない。水に浸《つ》かるアイリスは立った状態で俺を見つめる。

徐々に顔が赤くなっていった。

「あ……あれ？　今、悲鳴が……」

「ちょっと転びそうになっただけですよ！　見ないでください！」

アイリスはぎゅっとタオルで自分の体を隠しながら叫ぶ。

彼女の声を聞いてもなお、俺はしばらくその場で放心することしかできなかった。

視界に映り続けるアイリスの裸体《らたい》が――。

「ユウさん!?　早く向こうに行ってください！」

おっと。さすがに見過ぎた。恥《は》ずかしそうに体を抱えるアイリスに本気の殺気をぶつけられ、
俺は退散していく。


……起きちゃった、ラッキースケベ。


あのあと、アイリスにめちゃくちゃ怒られた。「こういうのはもっと時間をかけて仲を深めてから……」とかなんとか説教された。

ガミガミ、ガミガミと小言を一時間も言われ、ようやく解放されたかと思ったら今度は夜の

番だ。

もちろん俺たちも例外じゃない。が、最初の晩は夜更《よふ》かしが得意というナナに任せ、俺とアイリスが同じベッドに入った。

「非常にまずい……非常に、まずいぞ、これは！」

すぐ後ろにアイリスの体温を感じる。

俺は床でもどこでもいいと言ったのに、アイリスが「体を痛めたら翌日の調査はどうするんですか」と無理やり俺をベッドに引きずりこんだ。

個人的には嫌いなシチュエーションじゃないが、いかんせん、前世でも童貞《どうてい》だった俺にこれは刺激が強すぎる。

ばくばくと痛いくらい早鐘《はやがね》を打つ心臓。アイリスのほうは大丈夫なのかな、と背後を見ると――、

「「あ」」

お互いの視線が重なった。

アイリスも同じことを考えていたのか、お互いに顔を向け合ったままの状態で固まる。

「ゆ、ユウさん……どう、しましたか？」

「い、いや……アイリスはこの状態で寝れるのかな、と」

「ね、寝れますよ！　私は騎士ですからね！　少しばかり、緊張はしますが……」

「慣れてるの？　こんな状況に」

「騎士ですから――と言いたいところですが、あいにく男性と同じベッドで寝るのは初めてですよ……」

かぁっとアイリスの顔が赤くなる。それはしっかり恥ずかしがっている証拠だった。

思わず俺も顔に熱が籠《こ》もる。

この微妙に甘酸《あまず》っぱい時間は、距離感は、なんとも言えないものがあった。

「そ、そっか。実は俺もナナを除けば初めてだ」

「ナナとは毎日寝てますもんね」

「怖い怖い」

アイリスの瞳《ひとみ》から急にハイライトが消えた。表情も真顔《まがお》になるから本当に怖い。

「ナナは勝手に入ってくるからしょうがないだろ。それに、俺とナナは親子みたいなもんだし」

「わかりませんよ。そこに親子以上の感情が芽生《めば》える可能性だって……ふ、不潔です！」

「まだ何も言ってませんが!?」

勝手に俺を性犯罪者にしないでほしい。別にナナに興奮《こうふん》したりしないよ。

「もういいや……明日は朝早いし、さっさと寝よう」

「……そうですね」

お互いに気まずさを感じながら視線を逸《そ》らす。天井に目をやってから反対側に向き直ると、しばらくの間、沈黙が支配し寝つけなかった。

――後ろが気になりすぎる！

寝不足が確定した。

▼△▼

朝。

ナナと交代するため夜明けくらいに起きた俺は、本当は一緒に夜の番をするはずだったアイリスの寝顔を見下ろしている。

「こうして見ると……穏《おだ》やかで年相応だな」

勝手に女性の寝顔を覗くのは悪いことだとわかっているが、胸の鼓動《こどう》が高鳴る今、記憶に焼きつけておきたかった。

アイリスとてまだ十五歳の少女。オシャレに興味があり、スイーツを食べて幸せを噛《か》み締めるような年頃だ。

それが、神の御子だからと戦場に駆り出され、国民からの期待を一身に背負う。

体は小さくても、プレッシャーは人一倍大きい。

今はただ、穏やかに眠っていてほしかった。

「大丈夫だよ、アイリス。お前の顔を曇《くも》らせる要因は、俺が全《すべ》て払ってやる。それが本来の道筋を逸れたラスボスの償《つぐな》いだ」

さらりと彼女の髪をひと撫で。ぐっと背筋《せすじ》を伸ばして、残りの時間、外で空を見上げながら静かに過ごした。


一時間後。

ぐっすり眠っていたアイリスが目を覚ます。

テントの外にいる俺を見つけると、

「ユウさん？　今……え？　あ、朝!?」

と大きな声を上げた。

「しー。まだナナは寝てるからあんまり大きな声は出さないであげて」

「あっ……し、失礼しました。けど、なんで私を起こさなかったんですか？」

「ぐっすり眠ってたからね。起こすのは忍びないと思って」

「よ、余計な親切を……むぅ」

自分だけのうのうと眠っていたことが悔《くや》しいのか、責任感の強いアイリスは頬を膨らませて拗《す》ねた。

けれど、お礼も言う。

「ありがとうございました。次は絶対に起こしてくださいねっ」

「はいはい。お姫様の命じるままに」

適当に答えて、朝食の準備を始める。

朝食を食べたあとは、少しアイリスと訓練でもしてダンジョンの調査だ。

▼△▼

「本当にお一人で行かれるのですか？」

朝食と早朝訓練のあと。出かける支度《したく》をした俺に、アイリスが心配そうな顔で訊ねた。

「まあね。俺は一人のほうが動きやすいし、特に役目もない」

「私の護衛」

「それはナナに任せたから」

ばっと手を上げてナナに別れを告げる。

ナナはぐっと親指を立てて無言の承諾《しょうだく》をした。

「じゃあ行ってくる。くれぐれもアイリスたちは無茶しないようにね。俺がいないんだから」

「それはこちらの台詞《せりふ》です。何かあったら絶対に助けますからね」

「……サンキュ」

アイリスの厚意が今は嬉《うれ》しかった。

手を軽く振り、剣を持って俺は村の外へ向かう。いちいち正面出入り口から出ていたら時間がもったいないので、そこから出ると見せかけて途中で周りを囲む木製の壁を飛び越えていく。

ここは森の中だ。でたらめに走り回れば、最悪迷子になりかねない。なるべくまっすぐ森の中を突っ切っていこうと考えて、俺はゆっくりと歩き出す。

雑草を踏みしめ、木々の隙間《すきま》を通り抜けた。

当然だが、しばらく歩いても何も出てこない。ひたすら俺の視界には鬱蒼《うっそう》と生《お》い茂る自然だけが広がっていた。

正直、あまりにも退屈すぎる。

「もしかして俺の考えすぎだったか……？」

てっきり、すでにシナリオが始まっていて、この辺りにダンジョンが発生しているものと思っていた。

しかし、それらしいものは何も見えない。魔物も魔力の反応も感じなかった。

時系列的にはダンジョンが生まれていてもおかしくない。ダンジョン内から魔物が出てくるまでには、そこそこダンジョンの活性化──一定の時間経過が必要になる。

これまでの状況を鑑《かんが》みるに、活性化はまだにしろダンジョンはあるはずだ。もう少し奥かな？

そう思ってさらに進むと、そこでようやく複数の魔物と遭遇《そうぞう》する。

「ギギッ」

ゴブリンだ。

村長も言っていたな。先日、村にゴブリンが現れたって。その時は門番の男性たちがゴブリンを討伐して犠牲者《ぎせいしゃ》は出ていないらしい。

正直ゴブリンは繁殖力《はんしょくりょく》も高いしどこにでもいる。ダンジョンが発生した原因にはならない。

「それでも一応は駆除《くじょ》しておくか」

「ギギ？」

呟《つぶや》いた俺の言葉に、ゴブリンたちが反応する。

三体ほどの赤い瞳が全てこちらを向いた。

「ギギッ!?　ギャアッ！」

なぜか俺を見てビビるゴブリンたち。この仮面は魔物から見ても不気味らしい。失礼な奴《やつ》らだな。

俺は腰に下げた黒塗りの鞘《さや》から剣を抜くと、陽光を反射して煌《きら》めく鈍色《にびいろ》の剣身《けんしん》をゴブリンたちに向けた。

「ギャギギ！　ガッ！」

ゴブリンたちは俺の動きを見て行動を起こす。

手にした棍棒《こんぼう》やらナイフを構えて襲《おそ》いかかってきた。

その速度はお世辞《せじ》にも速いとは言えない。そもそもゴブリンは小型の魔物の中でもかなり弱い部類だ。

人間の子供くらいの身体能力に、子供以下の知能。そりゃあ数は多くても大半が淘汰《とうた》されるはずだ。弱すぎる。

無防備に隙《すき》を晒して向かってくるゴブリンたちの攻撃を魔力障壁で防ぎながら、的確に俺は相手の首を刎《は》ねていく。

一体。二体。――三体。

全てのゴブリンが司令塔である脳を失って地面に転がった。

悲痛な叫びすら漏《も》れることなく戦いは終わる。剣に付いた血を払い、鞘に納めた。

「これで終わりだったら最悪だな……俺の当ては外れるし、アイリスの成長の機会も奪っちゃうし」

せめてダンジョンが俺の予想どおりに存在し、何かしらの問題が起これば万々歳《ばんばんざい》だが……それを望むのはエゴ。

今は村人たちのためにも魔物がいるかどうかの調査に努めよう。

そう決心し、さらにまっすぐ道を進んでいく。

「――フゴ？」

「あん？」

歩くことさらに一時間。

いよいよもって「全然魔物いねえじゃん」と思い始めた俺の前に、木の幹を背にして座る一匹のオークが。

お互いに視線を交わし、――先にオークが動いた。

「グアアアア!?」

なぜか妙にビビッた様子で立ち上がると、武器を持って反対方向へ走り出した。

それが逃走なんだと気づくのに数秒かかる。

「……え？」

ま、まさか……魔物が逃亡した!?

かなり珍《めずら》しいケースだ。

魔物は基本的に知能が低い。ゴブリンが特別低いってわけではなく、全体的に低い。だから、相手が自分より格上かどうか判断できるほどの思考力もなく、相手が強くても正面から戦いを挑《いど》むような個体が多い。

▼△▼

逆に言えば、相手との力量差を感じ、まずいと理解できるほどの個体は結構強い。知能が高いってことは、それだけ長く生きていて、狡猾《こうかつ》な手を使うからな。

それで言うと、このオークは希少《きしょう》個体だろう。おそらく知能が高い。だが、ただそれだけ。力量差を判断するくらいの脳はあるが、俺に勝てる策を練るほどの実力はない。だから逃げたのだ。

そのことに気づき、慌《あわ》てて俺はオークを追いかける。

「待て待て～！　ラスボスからは逃げられないゾ☆」

どちらが魔物かわからないような発言をしながら、嬉々《きき》として魔物を追いかける。

この時の俺は、あまりにも暇すぎてちょっとおかしくなっていた。結果的にそれが功を奏したのだから、人間、何が起こるのかわからないものだ。

オークを追いかけて三千里。厳密にはまだ数百メートルといったところ。

オークは豚《ぶた》みたいな外見どおり、腕力と耐久力は高いが、反面、敏捷《びんしょう》性はゴブリンよりマシなくらい。

あれだけの巨体を支えているのだから脚力も相当なものだろうに、筋力を超える重量が完全に足を引っ張っていた。

正直、追いつこうと思えば簡単に追いつける。それこそ、今からでも一息でオークを追い越し、その首を切断することも可能だ。

しかし、俺はそうしようとはしない。走り出してすぐ、ふとあることを思いついたのだ。

「この先に……もしかしてあるのかな？」

走りながら小さく呟く。

俺がわざわざオークを生かしたまま追いかける理由。それは単純だ。

オークの隠れ家、もしくは集落、あるいは――ダンジョンがその先にあるのではないかと考えたから。

魔物は馬鹿《ばか》だ。だが、獣《けもの》でもやられれば学習する。手痛い攻撃を受けると、自分では勝てないと自覚して逃げるケースがある。

そしてその場合、大抵《たいてい》は仲間や家族、住んでいた場所に逃げようとする。

仮にオークがダンジョンで生まれた個体なら、ダンジョン内には他にも魔物がいるはず。無意識にそこへ逃げ、仲間に助けを求めようとしているのなら、「もしや？」と思った次第《しだい》だ。

だとしたら、ここで殺したらもったいない。オークが辿り着く先に俺は期待する。

そうしてオークを追いかけること……なんと一時間。

必死に逃げ続けるオーク。その先に、奇妙な崖《がけ》と――ぽっかり開いた穴を見つけた。

穴がダンジョンであることを俺は察する。そのダンジョンの入り口には、怪しい紫色のローブを纏《まと》った人間が二人いた。二人とも杖《つえ》を持っている。

走ってきたオークと俺を見て、

「な、なんだ？　どうして今朝放ったオークが、不気味な仮面の人間に追われているんだ⁉」

男の一人が叫んだ。

次いで男たちは杖を構えると、杖から微量な魔力反応が現れる。

——アーティファクトか！

すぐにそれが攻撃用のアーティファクトだと気づく。攻撃用のアーティファクトは、魔力を地水火風の属性に変換する機能を持っている。それ即《すなわ》ち、ファンタジーものの定番、『魔法』が使えるってことだ。

杖を持った怪しい二人組は、杖の先端からバレーボールサイズの炎の球体を形成。それを迫りくるオークと俺に放った。

「ブモオオオ⁉」

真っ先にオークが炎に当たって燃える。悲痛な叫びが森中に響き渡り、オークは痛みと熱に足を取られて転んだ。

続いて俺にも炎の球体が。威力《いりょく》はそうでもない。籠められた魔力を増幅する効果までは持っていなかったようだ。

展開した魔力障壁に阻《はば》まれ、炎はあっさりと目の前で消える。

それを見たローブの二人組は、

「なっ⁉　アーティファクトによる魔法攻撃が消滅しただと⁉」

大口を開けて驚いていた。

二人とも男か。事情が聞きたかったので、そのまま地面を蹴《け》って勢いよく二人組の前に迫る。

瞬間移動並みの速度に、男たちは反応が遅れた。もはや全てが遅い。今更杖を構えようと、魔法が発動するより俺が殴るほうが速かった。

まず一人。右にいる男の意識を刈《か》り取ると、次いで、もう一人の男を組み敷く。

腕を曲げ、低い声を発して告げた。

「この距離は近接のほうが速い。体を鍛えておくんだったな」

「ぐっ！　何者だ貴様！　我々が誰かわかって――ぎゃあああ⁉」

パキッ。

甲高《かんだか》い音が響いて男の腕の骨が折れる。

「余計なことは喋《しゃべ》らなくていい。次は足を折るぞ？　お前はただ、俺に訊かれたことだけ答えろ」

声のトーンを下げる。

相手に恐怖心と『殺されるかもしれない』という予感を抱かせるのが大事だ。

「それじゃあ質問だ。この洞窟《どうくつ》はダンジョンだな？」

「………………」

　バキッ。

　足の骨を砕《くだ》く。

「あああああ⁉」

「答えろ。ダンジョンだな、ここは？」

「……ぐっ。そ、そうだ……」

「ダンジョンの入り口を見張っているように見えたが、お前たちはここで何してる？」

「………………」

「もう片方いくか」

「あああ！　わかった！　答えればいいんだろ⁉　実験だ！　実験をしてる！」

「実験？　なんの実験だ」

「……それは、俺も知らない」

　しばし沈黙が続く。

　俺が男の足に手をかけると、

「――ご、合成実験だ！」

　ようやく男は口を割った。

「合成実験？」

　その実験は確か……。

「魔物と魔物を組み合わせ、より強い魔物を生み出すための実験だ！　言っておくが、俺は護衛に過ぎないから詳《くわ》しい内容は知らないぞ！」

「なぜこの時点で魔物の合成が？　シナリオが早まっているのか？」

小さく呟く。

俺の記憶が正しければ、魔物同士の合成実験はシナリオの半《なか》ばで行われる。本来、まだチュートリアルを抜け切っていない序盤で発生するイベントじゃない。

何かが致命的におかしい。

「お、おい！　いい加減退《ひ》いてくれ！　俺はちゃんと答えたぞ!?」

「ん？　ああ。そうだな。情報提供感謝する。――おやすみ」

ガツン、と男の首元を強く叩《たた》いた。

一瞬で男の意識を刈り取る。

しっかり相手が気絶したことを確かめてから立ち上がり、薄暗い洞窟の奥を見つめた。

「さて……この先に合成獣《キメラ》がいるのかな」

下手すると、今のアイリスでは倒せないような敵だ。

俺がアイリスの代わりに殺すことも念頭に、洞窟――ダンジョンの奥を目指して歩き出した。

▼△▼

しばらく洞窟内を歩いていると、妙な違和感を覚える。

「魔物がまったくいない……」

道中、かれこれ十分以上は歩いたのに一匹も魔物を見ていない。ダンジョンではありえないことだった。

さらに数十分ほど歩くと、最奥《さいおう》にあっさり辿り着く。

このダンジョンはずいぶんと短いな。

発生した場所から考えて割と規模の小さいものだったんだろう。だが、ダンジョンの最奥だけあって、行き着いた先は異常に広いエリアだった。

そこに複数の男たちと――鎖《くさり》に繋《つな》がれた複数の魔物が。

特に目を引いたのは、十メートル以上もある洞窟の天井に届きそうなほどデカい巨人。

全身が緑色に覆《おお》われ、口からはみ出した大きな二つの牙《きば》がとても不気味だった。

まさか、あれも魔物なのか？

見上げるほどのデカブツに気を取られていると、俺の侵入に紫ローブの連中が気づく。

「だ、誰だ⁉　入り口を見張っている連中は何をしている！」

「あいつらなら今頃熟睡してるよ。しばらくは起きられないだろうな」

「ッ⁉　師よ、どうやら王国の騎士がやって来たようです」

「ほーう？　なんとも怪しい仮面をつけた騎士じゃのう……本当に騎士なのか？」

紫ローブの中に一人だけフードを被《かぶ》っていない老人がいた。

白い髪に胸元まで伸びた長い髭《ひげ》。おまけにしわくちゃな顔ときて、妙な強者感が漂っている。

「そういうお前は不審者たちのリーダーか？　責任者に話があるんだ。いろいろとな」

「ほっほっほっ。ずいぶんと威勢《いせい》のいい子供じゃ。ここにはワシの部下や多くの魔物がいるぞい？　それを一人で倒せる自信があるのか？」

「ああ。心配しなくても全部潰《つぶ》すよ。それが俺の役目だからな」

「ふむ。情報によると、アイリス・ルーン・アルドノアが来ると思っていたんだが……アテが外れたな」

「お前らの狙《ねら》いはアイリスか」

「そのとおり。お主は王女の知り合いかのう？」

「そこそこな」

「だったら、アイリス王女が来ているという情報は正確だったということ！　戦力を用意しておいてよかったわい」

自分の髭を触りながら老人はそう言った。

話しぶりから察するに、王国には帝国のスパイがいそうだな。

それに、貴重な情報を簡単に開示するあたり、バレてもいいくらい後ろの魔物たちに自信があるようだ。

鞘から剣を抜き、戦闘態勢に入る。

「血気盛んじゃのう。少しは老骨のことも労《いたわ》りたまえ。話くらい聞いてからでも遅くないじゃろう？」

「話だと？」

「然《しか》り。ワシの後ろにいる魔物のことが気になるのではないか？」

「……だったら、お前は教えてくれるのか？」

「もちろんだとも」

老人はにこやかに笑ってそう答えた。

「これはワシの研究成果だからな。研究者というのは、自らの功績を語りたいものじゃ」

「ふーん……だったら聞こうか。ここでいったい何を？」

俺はすでにその答えを知っている。だが、それでもこの男からハッキリとした答えをもらわないといけないような気がした。

一拍《いっぱく》置いて老人は答える。

「ほほほ。名付けるなら、魔物の《合成実験》じゃな」

「合成実験？」

「複数の魔物を組み合わせてより強い個体を創《つく》ろう――という研究じゃ」

「気持ち悪い研究だな。無意味だろ、そんなの」

「ククク。それが、一定の結果が出たんじゃよ。魔物に与えられた呪《のろ》いが大きくなったのだ！」

「呪い？」

なんだそれ。原作にはない情報が出てきたぞ。

「お主が知らんのも無理はない。最近ワシが見つけたものじゃからな」

そう言って老人は続ける。

「魔物は生まれながらに強い。その原因を考えたことはないか？」

「それが呪いだと」

「然り！　人間が魔力を操《あやつ》れるように、魔物には呪いが与えられた！　そしてその呪いは、魔物同士を組み合わせることでより強くなる！」

バッと両手を広げて老人はエキサイトしていた。目がキマッてる。

「素晴らしいとは思わないか？　呪いを強めていけば簡単に魔物を兵器に変えられる。戦争にも易々《やすやす》と勝てるぞぉ！」

「思わねぇよクズが」

害悪でしかない魔物をさらに害悪にする実験に意味などない。吐き捨てるように言って剣の切っ先を老人に向けた。

「冷たいのう。やはり愚《おろ》か者には理解できぬか。ワシの描く理想の未来が」

「安心しろ。お前の夢はここで消える」

「ほほほ！　やれるものならやってみるがいい！」

俺から殺気を当てられた老人は、巨人の足に嵌《は》められていた鎖を解く。

巨人はそこで初めて動きを見せた。

「グルアアアアア！」

鎖から解放された巨人が、耳をつんざくほどの雄叫《おたけ》びを上げる。

音による衝撃も俺の魔力障壁は通さない。この場合は防ぐのではなく音を小さくすることで対処している。音が聞こえなくなると、日常生活でも困るからな。

「てっきり動かないものだと思ってたんだけど……元気じゃん」

「この鎖は意識を封じるためのアーティファクトよ。意識があるとうるさくてかなわん」

「つまりそのデカブツを操るためにもう一個くらいアーティファクトがあるな？　魔物を従える類《たぐい》のやつが」

「……本当にお主は鋭いな。だが、たとえそれがわかったところで遅い。こやつの前では人間なぞ等しく虫のようなものよ！」

「グルアアアア！」

「ッ」

老人の言葉に反応するように巨人が前に出る。俺の何倍もある腕を振り上げ、まとめて周囲のものを吹き飛ばす。

他にも仲間や魔物がいたにも拘《かか》わらず、ダンジョンそのものが巨人によって破壊された。

ぱらぱらと砕けた土くれが俺の魔力障壁に弾《はじ》かれて地面に落ちる。

見上げた先は空。薄暗かったはずの洞窟内は、巨人の一撃によって容易《たやす》く壊されてしまった。

いくら魔力障壁があるとはいえ、強制的に外に出される。

「おーおー。派手《はで》にやったもんだな」

「な、なぜお主は無事なのだ！　あの攻撃を躱《かわ》したとでも!?」

平然と立っている俺に対して、ローブの老人が声を荒らげた。そういうお前もピンピンしてるじゃねぇか。アーティファクトでも持ってんのか？

「別に避《よ》けたわけじゃねぇよ」

「何を言っておる！　あやつの攻撃を正面から受けて無事でいられるはずがないだろう」

「魔力障壁って知ってるか？　あれがあれば余裕だぞ」

「戯言《ざれごと》を。先ほどの攻撃を防げるほどの魔力など、常人《じょうじん》は放出することも叶《かな》わぬ。仮にできるとすれば、それは我が国の皇子くらいだ」

正解。その皇子が今、お前の目の前にいるぞ？

自分から正体を明かす気はないので何も言わないが、仮面の下でくすりと笑う。

だが、今のところ俺が帝都を出たことは知らされていないのか？

もしくは、目の前の老人にまで届いていないだけなのか。

どちらにせよ都合がいい。

「どうせ高性能な防御用《ぼうぎょよう》アーティファクトのおかげじゃろう。それならこちらはアーティファクトの効果が消えるまで攻撃を続ければいい！　行け！　あの者を叩き潰すのだ！」

「グオオオオオ！」

巨人は老人の命令に従って何度も拳《こぶし》を振り上げては振り下ろす。継続的に地面は砕かれ、クレーターどころか深い穴を作った。

俺の魔力障壁が無敵に近い物理防御能力を持とうと、さすがに足場がなくなれば落ちる。

穴の底から空を見上げた状態で、

「おいおい……俺はモグラかよ」

と愚痴《ぐち》を零した。

「キイイイ！　まだ無事なのか！　もっとだ！　もっと攻撃しろ！　——いや、いっそ遠くへ飛ばしてしまうのだ！」

「グルアッ！」

がしっ。

「ん？」

巨人は俺の周りを覆う膜《まく》のようなものを掴む。

図体《ずうたい》がデカいだけあって、その手のひらのサイズもまた規格外だ。すっぽり魔力障壁を覆ってボールのように俺を持った。

「なるほど……これは想定外の状況だな」

そう思ったのも束の間、野球選手がドン引きするほど出鱈目《でたらめ》なフォームで、巨人は俺を遠くへ投げ飛ばした。攻撃が間に合わずそのまま飛ばされていく。

俺の魔力障壁は俺の体全体を囲むように球体状に張り巡《めぐ》らされている。今回はそれを利用されたわけだ。球体状だから、これはよく飛ぶ。

腕を組んで、俺は頭を捻《ひね》ることになった。

「やべぇ……この後どうしよう」

▼△▼

「ふふ……ふははは！　やったぞ！」

ユーグラムを空の彼方《かなた》まで投げ飛ばしたあと、巨人を操っていた老人は拳を握り締めて喜ぶ。

「これであやつはもう戻ってはこれまい！　ワシの勝ちだ！」

心の底からその勝利を噛み締める。そんな老人の傍に一人の男性が。

「師よ。このあとはどうしますか？　ダンジョンが壊れてしまったので、もう実験のほうは

「……」

「なに、構わんよ。この巨人に実戦を経験させ、そのデータを収集すればいいのじゃ」

「実戦？　しかし、先ほどの怪しい男はもういませんが」

「他にもいるじゃろう？　この辺りにはうってつけの相手が」

「……！　村へやって来たアイリス・ルーン・アルドノアですね！」

男の言葉に老人は静かに頷いた。傍にいる巨人を見上げ、

「ひひひ。ワシの最高傑作とアイリス王女……果たしてどちらが上かのう」

老人は邪悪な笑みを浮かべる。

▼△▼

「なに……この音」

遠くから聞こえてきた轟音《ごうおん》とかすかな震動にナナが首を傾げる。

隣にいたアイリスも、

「雄叫びのようなものも聞こえましたね。……怪しいです」

と彼女の言葉に応じる。

「音の発生源は反対方向ですか。確か向こうにはユウさんが行ったはず……」

「気になる?」

ナナの問い。それはアイリスの心境を見事に突いていた。

うぐっとわかりやすい反応を見せるアイリス。ごほんと咳払《せきばら》いしてから、

「い、いえ……。ユウさんなら問題が起きても一人で対処できるでしょう。我々は我々の仕事を──」

「でも、さっきの音は明らかに異常。この森に何かがいると考えて間違いない」

「むっ。そう言われると否定できませんね。ええ。ナナの言うとおり、ユウさんの様子を見に行くのではなく、森の調査に赴《おもむ》きましょうか! それがいいですね!」

「ツンデレ?」

「つ、つん?」

「パパが言ってた。アイリス様みたいな人は素直になれずに毒を吐く可愛い子だって」

「なあっ!?」

アイリスの顔が真っ赤に染まる。

いろいろ言いたいことはあるが、真っ先にアイリスが注目したのは、

「か、かか、可愛いだなんて……~~~~!」

ユーグラムからの褒《ほ》め言葉だった。

両頬に手を添えて首を左右に振る。熱がやや下がるが、喜びまでは消えない。

その様子を見守っていたナナが、

「何してるの。早く行こっ」

とアイリスの服をぐいぐい引っ張る。

そこで自分が醜態《しゅうたい》を晒していることに気づいた彼女は、今更ながらに「ご、ごほん！」と咳払いしてから、

「わかっています。ええ、わかっていますとも……」

と言って取り繕《つくろ》う。だが、ナナはそれを無視して走り出した。

「あっ！　もう……あなた、私の護衛ってことを忘れないでくださいよ！」

アイリスがナナの後ろを追いかける。

不思議なことに、遠くから聞こえていたはずの轟音は、徐々に二人のもとに近づいてきていた。

八章

Chapter 8

真っ先にナナが異常に気づく。

「ッ!?　止まって」

ズザサササー！

地面を足で擦《こす》りあげながら急停止する。

アイリスもナナの後ろで止まった。

「どうしました？」

「この先から……魔物の気配がする」

「魔物！　先ほどから聞こえてくるこの轟音《ごうおん》と何か関係性が？」

「わからない。ただ、敵の数は多い。気をつけて」

ナナがそう言った途端《とたん》、茂みの奥から複数の魔物が飛び出してきた。

「グルアッ！」

出てきたのは異形《いぎょう》の怪物たち。原型を留めているため見覚えはあるが、なぜか複数の魔物の特徴を持っていた。

狼《おおかみ》は体の一部がスライムのように粘液化。

ゴブリンは狼のように鋭い爪《つめ》を。

オークやオーガはそれぞれの頭部をもう一つ持っていた。

まるで複数の魔物を無理やり組み合わせたかのような化け物たち。それを見て、アイリスの動きが止まる。

「ッ……なんですかあれ。本当に魔物？」

「どれも見たことがある魔物。たぶん、混ざってる？」

「ナナもそう思いますか。誰があんな悪趣味な真似《まね》を……」

「！　対象、アイリス・ルーン・アルドノアを発見しました！」

魔物たちに続いて茂みの中からローブを着た怪《あや》しい人間まで現れた。

咄嗟《とっさ》にアイリスは理解する。目の前の化け物たちを作ったのは間違いなくあの男たちだ。

報告をしているあたり他にも仲間がいるのだろう。そう思った直後にわらわらと同じ服装の人間たちが出てくる。

アイリスは剣を抜いてその切っ先を男たちに向けた。

「あなた方は誰ですか！　なぜその魔物たちと一緒に……」

「ほほほ。これはこれはアイリス殿下《でんか》。お会いできて光栄ですなぁ」

ローブの男たちの中から老齢の男性が一歩前に出る。

リーダーと思《おぼ》しきその男は、アーティファクトと見られる杖《つえ》を片手に持っていた。

じろりとアイリスはその男を睨《にら》む。

「何者ですか」

「ただの研究者ですよ。そこにいる魔物たちの親と言ってもいい」

「では、あなた方が魔物の合成を？」

「こやつらを見てすぐ気づいたか。先ほどの仮面の男といい、なかなか聡《さと》いな」

「仮面の男？　彼に何かしたんですか！」

「残念ながら殺すことはできなかった。が、今頃は遙《はる》か彼方《かなた》に落下していよう。戻ってくることはないぞ」

「ッ！」

アイリスの体に大量の魔力が吸収される。それが圧《あつ》となって眼前のローブ姿の男たちに向けられた。

「ぐっ⁉　こ、この魔力……ふふふ。やはりアイリス殿下はあの方と双壁《そうへき》を成すと言われるだけはある。だが、ワシの実験体どもは強いぞぉ」

スッと老人は杖をアイリスのほうへ向けた。

「行け、お前たち！　あの生意気な王女を殺すのじゃ！」

「グルアアアア！」

老人の指示を受けて後ろに並んでいた魔物たちが一斉《いっせい》に駆け出した。出鱈目《でたらめ》に拳《こぶし》や爪を振り回す。

「ナナ！」

「了解」

何も言わずともナナは動く。

アイリスに合わせて短剣を振るった。魔物の体に傷ができる。

しかし、ナナはアイリスよりも非力だ。魔力を用いても簡単には合成魔獣と呼ばれる魔物を倒せない。

けれどそれでよかった。ナナはあえて、魔物たちの足を重点的に狙《ねら》っていく。機動力を潰《つぶ》し、火力の高いアイリスにとどめを任せる。徹底してそのスタイルを貫《つらぬ》いた。

片やアイリスも、ナナの意図を察して魔力を練り上げる。相手の命を刈《か》り取るほどの魔力を宿した剣が、次から次へと魔物の首を切断した。

魔物たちはアイリスとナナの勢いに勝てない。なまじ身体能力を底上げされた影響だろう。複数の魔物が混ざったことにより、魔物は本来よりさらに知能が劣化していた。

鈍《にぶ》る動き。考えなしの攻撃。それらが二人に当たることはなく、一体、また一体と魔物は削《けず》られていく。想像以上にナナの存在は大きかった。

「チッ！　魔物を繋《つな》ぎ合わせたせいで知能が下がっておる！　もう少し考えて行動せんか！」

たかが足を斬《き》られたくらいで魔物は動揺していた。その場でアホみたいに同じ攻撃を繰り返す。

「これでは兵器として役に立たない！　せめて頭部だけは影響を出ないように調整するべきじゃったか」

ぎりり、と老人は愚痴《ぐち》を漏《も》らしながらも背後にいる部下たちへ指示を出す。このままでは合成魔獣が全《すべ》て倒されてしまう。アイリスの力を見誤った。

「お前たちも攻撃するのじゃ！　魔物を守りつつ、まずはあのガキを殺せ！」

「はっ！」

彼らが狙ったのは、攻撃を受けても問題なさそうなアイリスではなく、地味に邪魔をしてくるナナだった。

ナナの魔力総量はアイリスに大きく劣る。集団で攻撃すれば確かに落とすのはそう難しくない。

――相手がナナのみだった場合は。

だが、ここにはアイリスがいる。

親切にもナナを襲《おそ》うことを教えてくれた相手に対し、アイリスはナナの傍《そば》に寄った。ローブの男たちが攻撃用のアーティファクトを使って様々な遠距離攻撃を撃ち込んでくるが、ナナの代わりにアイリスがそれらを打ち落とす。アイリスなら容易《たやす》かった。

「子供から狙うなんて卑怯者《ひきようもの》ですね。すぐに成敗《せいばい》して差し上げます！」

「私も、殺す」

「殺してはいけませんよ、ナナ。捕まえましょう」

「ん、わかった」

残った数体の合成魔獣もアイリスに片手間に狩られ、今度は残った帝国兵に矛先《ほこさき》が向かう。

咄嗟に老人は後ろへ下がったが、やや前に出ていた者たちは、地面を蹴《け》って肉薄したアイリスとナナに斬られる。

致命傷を避けた攻撃ではあったが、どのみち動けなくなる。アーティファクトを地面に落とし、老人以外の帝国兵はあっさりと無力化された。

残った老人は鬼のような表情で叫ぶ。

「ぐうぅ！　舐《な》めるなよ、小童《こわっぱ》ども！　まだワシには奥の手がある！」

老人の声に呼応《こおう》して、先ほど鳴っていた大きな地響きが再び聞こえ始めた。

何かが近づいてくる。

少しして、それは現れた。木々を薙《な》ぎ払って雄叫《おたけ》びを上げる。

「グオオオオオ‼」

びりびりと空気が震えた。耳を押さえながらアイリスたちは敵を見上げる。

彼女たちの前に、自分の何倍もある巨大な魔物がやって来た。巨人はアイリスたちを見て拳を作る。攻撃されるとわかった途端、アイリスはナナの手を掴《つか》んで後ろに跳《と》んだ。

直後、凄《すさ》まじい轟音と衝撃が生まれる。

「な、なんですか……あれも魔物だと？」

離れた所でアイリスは驚愕《きょうがく》に目を見開く。

これまで見たこともない化け物がいたのだ、驚くのも無理はない。

「どうする、アイリス様。パパを捜す？」

「……戦いましょう。ユウさんならきっとすぐに戻ってきます。今は少しでも時間を稼《かせ》いで村に行かせないようにしないと」

逃げようと思えば簡単だ。しかし、それでは近くにある村が滅ぼされかねない。

多くの民を守るため、アイリスは覚悟を決める。

「でもあの巨人を倒すのは難しいと思う」

「そうですね。見ただけでもおおよその強さはわかります。普通に戦えばまともにダメージは与えられないでしょう」

「手があるの？　アイリス様には」

「ありますよ。とっておきの切り札が」

「切り札？」

首を傾《かし》げるナナ。そんなナナから手を放し、彼女は周囲の魔力を吸収した。その量は、ナナが驚くほど多い。

次いでアイリスの足元に緑色の魔法陣が浮かび上がる。魔法陣はキラキラと輝きを強め、それに合わせてアイリスは呟《つぶや》く。

「――精霊召喚《しょうかん》」

▼△▼

風が吹く。

アイリスを起点に風が舞う。風はやがてぐるぐると小さな竜巻《たつまき》を作った。竜巻は緑色の光を放っている。

やがて光は収まり、風が消えて一人の女性が姿を現した。

美しいグリーンの髪。腰まで伸びたその長い髪を揺らし、涼しげな同色の瞳《ひとみ》がまっすぐにアイリスたちを見つめる。

『久しぶりに呼ばれましたね、アイリス』

「お久しぶりです、精霊シルフィード様」

アイリスはその場で膝《ひざ》をついた。恭《うやうや》しく頭を下げる。

『頭を上げなさい、アイリス。何があったのですか』

「巨人の討伐《とうばつ》にご協力いただきたく、召喚いたしました」

『巨人？　……ああ、あれですか』

シルフィードは振り返って、アイリスたちのもとへ向かってくる巨人を見た。巨人の機動力はお世辞《せじ》にも高いとは言えない。

「倒せますか？　シルフィード様なら」

『自信はありませんね。今ある魔力量だと、敵の防御力《ぼうぎょりょく》を貫けるかどうか……』

「やはりシルフィード様でも難しいですか」

薄々そんな気はしていた。だが、何もしないよりマシだ。希望を胸にアイリスは立ち上がる。

「それでもどうかお願いします。私に力を貸してください！」

『委細《いさい》承知。契約者であるアイリスに手を貸すのは当然のこと。任せなさい』

「グオオオオ!!」

とうとう巨人がアイリスたちの前に辿《たど》り着く。

見上げるほどの巨体を前に、シルフィードは右手を前にかざして魔法を繰り出した。不可視の衝撃が巨人を襲う。

『吹き飛びなさい』

風圧だ。シルフィードは風を自在に操《あやつ》ることができる。

その力を使って巨人を後ろへ倒そうとしたが、

「グ――ルアアアア！」

巨人は驚異的な脚力でシルフィードの攻撃に耐える。

拳を握り締めて振り下ろした。

爆弾みたいな一撃が、シルフィードたちに迫る。それを、風の盾《たて》を展開して横に受け流す。

巨人の拳が地面に突き刺さった。

周囲の地形が一気に盛り上がる。地面が砕《くだ》け、土煙《つちけむり》が巻き上がる。

『風圧がダメなら斬撃《ざんげき》を喰《く》らいなさい』

シルフィードが再び魔力を練り上げて風の斬撃を放つ。これもまた不可視の攻撃だ。巨人は防ぐ素振りすら見せず、全身を刻《きざ》まれる。

風圧に比べればまともにダメージが入っていた。

しかし……。

「なっ!?　シルフィード様がつけた傷が……再生している!?」

全身に数えきれないほどの裂傷を負った巨人。それがたちまちのうちに塞《ふさ》がっていった。すぐに元通りになる。

『自然治癒《ちゆ》ではなく、肉体の再生？　これでは、一撃であの化け物を葬《ほうむ》り去らねば勝てません』

さすがにシルフィードも焦《あせ》る。アイリスとナナもお手上げ状態だった。

「そんな……ここにきて再生能力まであるなんて……」

「ははは！　どうだ!?　こいつはワシの最高傑作！　精霊を呼び出した時は驚いたが、所詮《しょせん》は魔力頼りの戦法！　それではこやつには勝てぬわ!!」

絶望を味わうアイリスたちを見て老人が意気揚々《ようよう》と声を上げる。

どうにかして活路を見いだせないかと考えるが、シンプルゆえに対処法がなかった。いくら攻撃してもあれでは巨人は死なない。

いずれ魔力が切れて、精霊がいなくなった途端にアイリスたちは……。

再び拳を振り上げる巨人を見上げながら、アイリスの表情に苦悶《くもん》が浮かぶ。剣を力強く掴みながら、最後まで抵抗してやろうと走り出した。

——その時。

振り下ろした巨人の腕が、突然切断された。

鈍く大きな音を立てて、柱みたいな腕が地面に落ちる。

その場の全員が呆然《ぼうぜん》とする中、一人の青年が姿を見せる。怪しげな仮面をつけたその男は、剣を肩に乗せて言った。

「ギリギリ間に合ったっぽいね」

彼を見て、アイリスの表情に笑みが戻る。大きな声を出した。

「ゆ、ユウさん！」

▼△▼

巨人にくっっっそ遠くまでぶっ飛ばされたが、なんとかアイリスたちと合流できた。

あれだけデカいとさすがに目立つしな。見つけるのは容易だった。

けれど、俺がいない間によほど大変な目に遭《あ》ったんだろう。アイリスもナナもどこか不安そうな表情で俺を見ていた。

不安になったのはあの巨人のせいかな。

「よっ、アイリス、ナナ。ただいま」

「よかった……無事だったんですね」

「当たり前だろ？　俺が傷を負うことなんてないよ」

「さすがパパ。あの巨人の腕を軽々と切断した」

「おう。ぶっちゃけそんなに強くないぞ、あのデカい奴《やつ》」

「私たちでは到底《とうてい》勝てませんでしたよ。再生能力があるせいで」

「再生能力？」

なんだそれ、と思って巨人のほうを見る。

すると巨人は、アイリスの言葉のとおり斬られた腕を新たに生《は》やした。

どうなってんだそれ。

「うはぁ、気持ち悪っ」

腕を再生させるとか普通の魔物じゃねぇな。魔物同士を合成するだけであんなふざけた能力を手に入れられるのか？

「なるほどねぇ。確かにあの再生能力じゃまだアイリスたちには早かったな」

「ユウさんは倒せますか？」

「もちろん。余裕だよ」

俺に倒せない敵はいない。せっかくアイリスが頼ってくれてるっぽいし、たまには最強たる所以《ゆえん》を見せてあげないとね。

彼女たちの顔を曇《くも》らせたことも許せないし。

『……では、私は先に戻ります。もう魔力が底を尽いていますので』

「ありがとうございました、シルフィード様」

『いえ。気をつけてください、アイリス』

それだけ言い残して、アイリスと契約を結んでいる風の精霊は空気に溶けて姿を消した。

そして、俺は剣を肩に乗せた状態で前に歩み出る。

ひらひらとアイリスたちに手を振りながら巨人へ近づいていく。

その途中、巨人の足元で声が聞こえた。

「き、貴様！　どうやってこんなに早く戻ってきた!?」

「あ。てめぇこの野郎。よくも俺をぶっ飛ばしてくれたな」

やったのは巨人だが、命令したのはあのよぼよぼの爺《じじい》だ。許さん。

「今度はもう同じ轍《てつ》は踏まないぞ。さっくり片付けてやる」

「無駄なことを！　お前にもワシの最高傑作は倒せやしない！」

「言ってろ。現実を見せてやる」

剣を高らかに掲《かか》げた。上段で構える。

剣身《けんしん》に莫大《ばくだい》な量の魔力を集中させた。魔力の影響で大気が震える。本来は可視化されないはずの魔力が、あまりの密度に紺色《こんいろ》の光を帯びた。まるで剣が輝いているように見える。

「な、なんだそれは！　ありえぬ。ありえぬぞ！　人間がそれほどの魔力を扱えるわけが……」

老人は狼狽《うろた》えた。顔を真っ青に変えて取り乱している。

「待て？　まさか貴様は……いや、あなた様は!?」

「気づくのが遅かったな」

もう少し早く俺の正体に気づけていれば、最悪の事態は防げたかもしれなかったのに。

そんなことを思いながら、制御を終えた剣を——振り下ろした。

紫色の閃光《せんこう》が帯のように、直線状に奔《はし》る。正面にいた巨人を呑《の》み込み、世界そのものを鮮やかに染めあげた。

そう思えるくらいの光が、周囲に放たれる。

光は全てを呑み込み、静寂《せいじゃく》だけが残った——。

終章

Epilogue

ひらけた世界を見る。

光が消滅し、崩壊《ほうかい》した世界を見た。

アイリスもナナもしばらく声が出せない。胸中では本能がそれを理解することを拒《こば》んだ。

それくらいありえない力だった。

ユーグラム・アルベイン・クシャナ。

神の御子《みこ》としてアイリスと並び称される存在。だが、すでにユーグラムという人物は完成している。

アイリスは百年努力をしても勝てる気がしなかった。それどころか、ユーグラムはたった一人で国すら滅ぼすことができる。

異常だ。

規格外のバケモノだ。

全身が震えた。

恐怖？　不安？

――違う気がする。

その証拠に、アイリスの瞳《ひとみ》にはユーグラムしか映っていなかった。眼前のごっそりと削《けず》られた世界じゃない。アイリスはただ、頬《ほお》を朱色に染めてユーグラムだけを見つめていた。

振り返り、

「どんなもんだ」

と言って仮面を外し、無邪気に笑うユーグラム。その顔に……彼女はハッキリと自覚する。

――ああ。これはダメだ。今、全《すべ》てわかってしまった。

自分はこの人に、どうしようもなく……。

アイリスは自《みずか》らの心に従って頷《うなず》く。

受け入れてみれば簡単だった。こんなもの、惚《ほ》れるなというほうが無理である。

▼△▼

帝国兵が起こした魔物の合成実験が幕を閉じた。最後は俺のド派手《はで》な一撃で全てがかき消える。

俺たちは戦いを終え、一部残った魔物の死体を拾って王都に帰ることになった。

主犯格の爺《じじい》も魔物と一緒に消滅したため、証拠ももれなくパーになったが、誰も俺のことを責めたりしないだろう。

森の一角を地面ごと吹き飛ばしたり、環境破壊をしていてもなお怒られないと信じている。

帰り際、俺は村長に合わせる顔がなくてずっと馬車の荷台に引き籠《こ》もっていたのは秘密だ。

そして王宮。持ち帰った魔物を国王に見せた。

するると、

「そ、そのような化け物が現れたのか!? あ、アイリスは無事なのか!?」

と、娘の身を案じていた。親らしい反応だ。

「このとおりユウさんに助けてもらいましたから平気です」

「そ、そうか……よかった……。ユウ殿、此度《こたび》の活躍、まとこに感謝する！ 貴殿の能力には驚かされてばかりだ」

持ち帰った魔物の一部は、全体のごくごくわずかでしかないが、それでもサイズは並みの魔物を遥《はる》かに凌《しの》ぐ。有能な国王だけあって、一部を見ただけで理解したのだろう。今回の戦いがいかに大変だったかを。

「いいえ、陛下《へいか》。俺はやるべきことをやっただけ。アイリス王女のように勇敢《ゆうかん》には戦えませんでした。真に称賛されるべきは、村を救うために立ち上がったアイリス殿下《でんか》でしょう」

「ユウ殿……ありがとう。貴殿には最大限の感謝と礼を尽くそう。王として」

「ありがたき幸せ」

ぺこりと恭《うやうや》しく頭を下げて、内心で俺はほくそ笑む。

これでアイリスを怪我《けが》させた件は有耶無耶《うやむや》だな。俺もあの魔物に吹き飛ばされていたとはいえ、護衛《ごえい》の役目を完全に果たせたとは言えない。それを突っ込まれると弱いので、あくまで「アイリス様が頑張ったからですよ～」な風を装った。

隣からアイリスがジト目で俺のことを睨《にら》んでくるが、空気を読んで何も言わなかった。

謁見《えっけん》はそこで終了。

俺やアイリスが倒した合成魔物たちは研究者が部屋《ラボ》に運び、今後のために解剖《かいぼう》がなされる。

ちなみに老人が持っていたアーティファクト類は俺がまとめて消し飛ばしてしまった。回収は不可能。

最終的にほとんど証拠は摑《つか》めなかったが、あの帝国兵たちを持ち帰っても有用な情報は得られなかっただろう。隠蔽《いんぺい》されるのがオチだ。

そう思っておく。

報告も終わり、やるべきことは全てやった。俺は部屋に戻り、くっついてきたナナと一緒にベッドに転がる。

傍《そば》にはアイリスやアイシャの姿もあった。

「……なんとか生き残ることができましたね」

アイリスは俺の近くに寄り、ベッドに腰を下ろしてそう呟《つぶや》いた。

俺もため息を吐いてから答える。

「そうだな。アイリスは本当にギリギリだった」

「もう少し早くユウさんが助けに来ていてくれたら違っていましたよ」

「俺なりに頑張ったから許してください」

あれでもかなり速く走ったほうなんです。

「ふふ。冗談です。あの時、私のピンチにユウさんが駆けつけてくれて嬉《うれ》しかったんですから」

「そっか。俺もアイリスが生きてて凄《すご》く嬉しい。お前に死なれたら、俺はこの世界を壊すだろうからな」

「そ、それは……私のことがそんなに好きなんですか？」

「大好きだぞ〜。命をあげてもいいくらいには好きだ。じゃなかったら守ったりしないし、魔力障壁を解除したりもしない」

俺が無防備を晒《さら》すのはアイリスとナナだけだ。それだけ二人のことは信用してるし、特にアイリスにいたっては殺されても文句がないくらい好きだ。

前世の記憶を思い出した直後は、あれだけ死にたくないと思っていたのに。

まさか、転生者で悪役の俺がそんなことを思うようになるとはな。これもアイリスやナナと関《かか》わった影響だろうか？

「そ、そうなんですね……そんなに、私のことが……へぇ」

なんだか含みのある言い方をするアイリス。

ちらりと彼女の顔を見ると、耳まで真っ赤になっていた。

「お二人とも……イチャイチャするのはいいですがぁ、私がいることも忘れないでくださいね？」

「「ッ！」」

俺もアイリスも忘れていた、と言わんばかりに肩を跳《は》ねさせた。

同時にアイシャを見る。

「わ、忘れてないよ？　アイシャさん今日も可愛《かわい》いね」

「まるで取って付けたかのようなお言葉をありがとうございます〜」

「ほ、本当のことだから……」

「ふふ。そんなこと言うと殿下が怒っちゃいますよぉ？」

言われて気づく。横を向くと、アイリスの鋭い視線とぶつかった。

「ユウさんのスケベ。浮気者」

「誤解すぎる!?」

俺は決してスケベではないこともないが、アイリス一筋だよ!?

必死に首を横に振ると、アイシャがくすくす笑いながら俺に近づいてきた。何をする気だ?

困惑《こんわく》する俺の耳元で彼女は囁《ささや》いた。

「私は～、殿下がいない時なら構いませんよ？」

「アイシャさん!?」

「お二人はそういう関係だったんですね……」

アイリスの瞳から光が消えた。

俺はゾッと背筋《せすじ》が冷たくなる。だが、

「――なんて、冗談です。アイシャもあまりユウさんをからかいすぎないようにしてくださいね」

と彼女はカラカラ笑った。

すぐに先ほどまでの様子が演技だったのだと気づく。

「すみません。ユウさんは面白《おもしろ》い反応をするからつい～」

「し、心臓に悪いぞ……まったく」

俺はホッと胸を撫《な》で下ろす。とりあえず修羅場《しゅらば》は回避できたらしい。

安心する俺に、アイシャは踵《きびす》を返して部屋を出ようとした。

「それでは私はこれで。何かありましたらお呼びください～」

「ありがとう、アイシャ」

アイリスが彼女を見送り、部屋の中には俺たち三人だけになった。

しばし静寂《せいじゃく》の時間が流れ、唐突《とうとつ》にアイリスが両手を叩《たた》いた。

「で、ではユウさん！　そろそろ頑張ってくれたユウさんに特別なご褒美《ほうび》を与えます！」

「ご褒美？」

急になんだ。

「もしかして下着をくれるとか？」

「殺されたいならそう言ってください。今すぐ首を刎《は》ねて差し上げます」

「冗談だろ」

「顔が本気でしたが？」

ごめんなさい。実は本気で欲しいと思ってました。

でもしょうがないよ。男だもん。

「まったく……下着はまた今度です」

「今度はくれるの!?」

今日のアイリスは特別だな！　特別エッチだ。

俺の胸もドキドキが止まらなくなる。だが、それ以上の衝撃をアイリスはもたらした。

「今度ですよ今度。今は……こっちで我慢《がまん》してください」

そう言ってアイリスが動いた。

ぎしりとベッドが音を立てて軋《きし》む。まさか俺はアイリスの顔が近づいてくるとは思ってもおらず、完全に油断した状態でそれを受け止めた。

——アイリスのキスを。

頬に柔らかな感触があった。直後に、アイリスの爆発しそうな真っ赤な顔が視界に映る。

「あ、アイリス？」

半ば《なか》呆然《ぼうぜん》と首を傾《かし》げる俺に、立ち上がって彼女は言った。

「いいい、今のは……私からの気持ちですううぅぅ!!」

あ、逃げた。

全速力で部屋の扉を体当たりで吹き飛ばし、どたどたがっしゃーん、という音を立てて、おそらく自分の部屋に行った。

残された俺は、

「……キス、されちゃった」

と理解するのに三十分ほどの時間を要した。

正直……クソありがとうございます。

▼△▼

ユーグラムが自室にて、アイリスからのキスで呆《ほう》けている間、遠く離れた地にて金髪縦《たて》ロールの女性が甲高《かんだか》い声を上げる。

「おーっほっほっほ！　ようやくアイリス殿下に再会できますわ！」

「そろそろ国王陛下の生誕祭ですか」

「ええ。お父様からも許可をもらい、一カ月後には王国へ行きますわよ！」

「楽しみですね、リコリス様」

メイドは騒がしい少女の髪をいじる。さらさらの髪を結び、このあとの予定のために整えた。

リコリスと呼ばれた金髪の少女は、メイドを信用しているのか鏡すら見ずに笑い続ける。

「ええ……本当に、楽しみですわっ！　また彼女と戦えるなんて」

特別書き下ろし 王女様ご乱心？——Short story

ドタドタ、ガシャン！　ゴロン、バタン！

派手《はで》な音を立てて廊下に飾ってあった壺《つぼ》やら絵画やらを吹き飛ばし、ユーグラムの部屋から出てきたアイリスは、顔を真っ赤に染め上げた状態で自室の扉を力強く閉めた。

彼女がほんのわずかでも魔力を纏《まと》っていたならば、扉は粉々《こなごな》に砕《くだ》け散っていただろう。そうならなかったのは、ひとえに冷静さをギリギリ保っていたからか、もしくは魔力を練り上げる余裕すらないほど——羞恥《しゅうち》の感情に支配されていたからか。どちらにせよ、ギシギシと軋《きし》む扉の内でアイリスは高鳴る胸を押さえながら荒い呼吸を繰り返す。

「わ、わたっ……私……」

静かな部屋の中、アイリスの脳裏《のうり》に過《よ》ぎったのは先ほどの光景。ユーグラムの端整《たんせい》な顔と、その端整な顔に口付けをする自分の——、

「〜〜〜〜〜!?」

思い出すほどに恥《は》ずかしくなる。

体温は急激に上昇し、今にも頭の天辺から湯気が出てきそうなほど顔が赤かった。

「やってしまった」という感情に思考が埋め尽くされ、ほとんど無意識にドアノブを後ろ手で握り締める。魔力なんて纏っていなかったのに、小さくミシッ！　という音が聞こえた。視線を背後、下にあるドアノブまで下げると、アイリスが握り締めた金属製のドアノブがわずかに凹《へこ》んでいる。

「あっ……しょ、少々強く握りすぎましたね」

慌《あわ》ててアイリスは右手を放した。

彼女は生まれながらに莫大《ばくだい》な魔力を操《あやつ》ることができる天性の才能を持っている。その影響で魔力が自然と体に馴染《なじ》み、成長したアイリスは魔力を使わなくても常人《じょうじん》を遥《はる》かに凌《しの》ぐ身体能力を発揮できる。もっと簡単に言うと、清廉《せいれん》な外見とは裏腹《うらはら》に、彼女は相当な馬鹿力《ゴリラ》であった。

金属製のドアノブであろうと握力だけで形を歪《ゆが》められるくらいに。

「後でアイシャに怒られる……」

「今怒りますよぉ、アイリス様」

「アイシャ⁉︎」

扉越しにアイシャの声が聞こえてきた。思わずアイリスは冗談みたいにぴょーん、と飛び跳《は》ねる。扉から離れ、無意味に両腕を構えて臨戦態勢を整えた。相手は魔力をまともに操ることもできない単なる侍女《じじょ》だというのに。

「な、なぜアイシャがここに？」

「なぜも何も、私はアイリス様の専属侍女ですからぁ」

「さっきユウさんの部屋から出ていったじゃないですか！」

「部屋からは出ていきましたがぁ、何があってもいいように廊下で待機くらいしてますよ？」

「ッ!?」

確かにアイシャの言う通りだ、と遅れてアイリスは気づく。彼女は王女の専属侍女なのだから、お茶を用意したり急なお願いにも対応できるよう常《つね》に近くにいるのが原則。むしろパニックになったせいとはいえ、そのことを忘れていた自分が恥ずかしい。おまけにアイシャは廊下で待機していたというのだから、アイリスはユーグラムの部屋から飛び出した際、顔を合わせたはずだ。にもかかわらず、アイリスは恥ずかしさのあまり、アイシャに気づくことができなかった。

顔とか見られたんじゃ？　とアイリスの静まりかけていた熱が再び頭のほうへとせり上がってくる。

「とりあえず、ユウさんとの会話も終わったようですしぃ、部屋に入ってもいいですかぁ？」

「ダメですよ!?」

「えぇ？」

まさかの即答に困惑《こんわく》するアイシャ。

そりゃあそうだ。専属侍女が入っちゃダメなんて変な話である。特別な客人が来ているならまだしも、今はアイリスただ一人。何を恥ずかしがる必要があるのか。

「壊したドアノブをしっかり確認しないとぉ」

「まだ使えます！　大丈夫です！」

「王女様が貧乏性だなんて知りませんでしたぁ。いけませんよぉ」

「これも民の血税を無駄遣《づか》いしないための立派《りっぱ》な政策でででで！」

「ありえないくらい動揺してますねぇ。本当は顔、見られたくないだけじゃないですかぁ？」

「どうしてそれを!?」

図星を突かれて反射的に答えてしまった。その瞬間、アイリスは「しまった!?」と自《みずか》らの発言を後悔する。答えなければ何もバレなかったかもしれないのに。

「わかりますよぉ。だってアイリス様、ユウさんの部屋から出てきた時すっごく顔が真っ赤でしたもの～。いったい部屋の中で何をしていたんですかぁ？　子供はさすがにまだ早いと思いますよぉ？」

「こここここ、子供ぉ!?」

「ですから動揺しすぎですって、アイリス様ぁ」

「ど、動揺などしてません！　決してユウさんと私の子供なら可愛《かわい》らしい、カッコいい子が生まれてきそうだなぁとか考えてませんからね!?」

「言ってます言ってます。ぜーんぶ言ってます」

口を開ければ開くほど墓穴《ぼけつ》を掘るなぁ、とアイシャは扉の前で苦笑した。アイリス自身も
「私は何を言っているんですか!?」と自らを殴りたい衝動に駆られる。

「私としてはぁ、ユウさんは強くてカッコよくて頼りになる殿方《とのがた》ですしぃ、身分も高いので伴侶《はんりょ》として何ら問題ないと思いますよぉ？　平和のためにはお二人が結ばれるのが一番でしょうしねぇ」

「まずは付き合うところからでしょう!!」

アイリスが吠《ほ》える。

「そんなに怒るところですかぁ？」

「段階を踏むというのは重要なことです！　いくらユウさんが私のことを……あ、愛し……愛してる……からといって！　今すぐ結婚するのは早急すぎると思うんです！」

「私は今ぁ、ノロケ話を聞かされていたりしますかぁ？」

「違います！　純然たる事実です！」

「それはそれとしてぇ、いい加減部屋の中に入れてくださいよぉ。私が扉に話しかけてる不審者《ふしんしゃ》に思われるじゃないですかぁ」

今はアイリスの護衛《ごえい》が近くにいない。アイリス自身が王国の誰よりも強いということもあって、彼らは本人の意思を尊重して宮殿の入り口を警備している。だからアイシャが扉に向かっ

て話しているようにしか見えない。

この状況を誰かに見られるのは恥ずかしいが、誰にも見られていないのも、それはそれで虚《むな》しい。顔を突き合わせて話すことの大切さをアイシャはこの時理解した。

「むぅ……仕方ありませんね。ええ。決してアイシャにユウさんのことを相談したいというわけではありませんが、いつまでもアイシャを廊下に立たせておくのは忍びないのでどうぞ入ってきてください」

「全部出てますよぉ」

言いながらアイシャがドアノブを捻《ひね》って扉を開ける。扉を閉めてから真っ先に内側のドアノブを確認した。見事に手の跡が付いているし凹んでいる。

「おぉ……さすがアイリス様。普通、素手《すで》で金属を歪ませるとか不可能ですよぉ？」

「えっへん。私くらいになると本気を出せば魔力を使わなくても強いんですよ！」

「褒《ほ》めてません。皮肉ですぅ」

胸を張るアイリスをアイシャがバッサリと切り捨てた。アイリスは自分が悪いことをしているという自覚があるので「うっ」という苦い表情になる。

「まあドアノブは後で交換するとして……ユウさんの部屋で何があったんですかぁ？」

「そ、それは……」

「それは？」

かぁぁあっと顔を赤くするアイリス。長い付き合いなのでアイシャにはだいたい予想はついていた。アイリスがこういう表情をする時は――、

「チューくらいはしましたかぁ？」

色恋沙汰《ざた》に決まっている。

「ちゅっ!?」

ネズミみたいにアイリスが鳴いた。そしてわずかに後ろへ下がる。

言葉はないがそれだけで充分にアイシャは理解した。

「その様子だと、唇《くちびる》を奪ったんですねぇ。アイリス様も大胆《だいたん》」

きゃっ、とわざとらしくアイシャが体をしならせる。内心「あのアイリス様がご成長なされましたねぇ」と涙を滲《にじ》ませた。

「唇じゃありません！　頬《ほ》っぺたです!!」

さすがに看過《かんか》できなかったのか、大きな声でアイリスは訂正《ていせい》を求めた。ぴたりとアイシャの動きが止まる。

「……え？　頬っぺた？」

嘘《うそ》でしょ？　頬っぺたにキスしたくらいであんなに顔を真っ赤にし、高価な壺とか絵画をめちゃくちゃにしたの？　とアイシャは別の意味で衝撃を受けた。

アイリスが色恋沙汰とは無縁《むえん》の人生を送ってきたことは知っている。婚約者を選ぶ立場では

なく、国のために尽くすと昔から言っていたあのアイリス・ルーン・アルドノアが……同い歳《どし》の男性の頬っぺたにキスしたくらいで死ぬほど動揺し、顔を真っ赤にしているなんて！

アイシャはアイリスの新たな一面が見れて喜ぶと同時に、「ここまで甘酸《あまず》っぱいと私も照《て》れてきますねぇ」と少し頬《ほお》を赤らめた。

「何か問題でもありますか!?　わ、私のファーストキスだったんですよ！」

「陛下《へいか》が聞いたら大変なフレーズですねぇ」

アイシャは今日の話を胸の内に秘めることを誓《ちか》った。陛下に知られたら翌日には戦争だ。ユーグラムが負けるとは思えないが。

「とりあえず落ち着いてください、アイリス様ぁ」

「アイシャのせいで顔が熱くて無理ですよ……」

「まあまあ。何か私に相談したいことがあるのではぁ？」

「ッ。相談……というより、今後、私はユウさんとどう接していけばいいのかわからなくなりました。自分の気持ちにどう向き合えばいいのかと」

「そんなの簡単ですよぉ」

ニコニコ笑顔でアイシャが答える。

「せっかくの初恋なんですからぁ、積極的にいかないと」

「は、初恋？」

「アイリス様は昔から、国のためだなんだとずっと自分の気持ちを抑圧してきました。その上でユウさんを好きになったのなら、それはとても素敵《すてき》なことだと思いますよぉ」

「で、でも……私は王女です。私の意思で婚約者を決めるなんて……」

「相手は敵国のとはいえ皇子様です。それもアイリス様と同じ神に選ばれた存在。誰が反論できるんですかぁ？」

　しかもユーグラムは平和のために王国に手を貸すほどできた人間だ。そのことをアピールすれば民衆も納得するだろう。唯一《ゆいいつ》、国王陛下だけは最後まで反対しそうではあるが。

「自信を持ってください。ユウさんもアイリス様のことが好きですしぃ、ガンガン押していかないと！　誰かに奪われたとして、アイリス様は納得できますか？」

「ゆ、ユウさんが誰かに……だ、ダメです！」

　深刻な表情でアイリスは叫んだ。アイシャはさらに笑顔を強めて言う。

「でしょう？　だから誰にも取られないように頑張るんですよぉ」

　グッと拳《こぶし》を握り締めて「ファイトです！　アイリス様」とアイシャは彼女を応援する。

　だが、アイリスは予想の斜《なな》め上をいく。

「頑張る……そう、ですね。わかりました。アドバイスありがとうございます、アイシャ！　まずはユウさんに毒を盛って……」

「殿下《でんか》？」

この人は何を言ってるんだろう？　とアイシャがストップをかける。本人は、

「？　何ですかアイシャ。今、大事な計画を立てているところです」

とかなんとか言っていた。国民に神の御子《みこ》と呼ばれる王女様は、どうやら加減というものを知らないらしい。そもそも一発目で毒が入ってくるあたりかなりヤバいのでは……と遅れてアイシャは前言を後悔した。

「落ち着いてくださいアイリス様ぁ。ユウさんに毒を盛ったら嫌われてしまいますよぉ」

「平気でしょう。ユウさんに普通の毒が通用するとは思いません。本人も効《き》かないと仰《おっしゃ》ってましたし」

「ではなぜ毒を？」

「毒にもいろいろ種類がありますからね。命に関《かか》わらない程度の、痺《しび》れが起きないものとか……ふふっ。媚薬《びやく》なども該当しますし」

「なる……ほどぉ」

あ、これはダメだな、とアイシャは思った。けど目の前の王女様を止めることは一介《いっかい》の侍女にはできない。

きっとユーグラムなら問題なく彼女を止めてくれるだろう。そうに決まってる。

嬉々《きき》としてユーグラムを襲《おそ》う計画を立ててるアイリスを見つめながら、もうアイシャは考えるのを止《や》めた。きっと二人は幸せになれるよ、うん。お似合いだもの。

「（今日は天気がいいですねぇ。もうすぐ夜ですが）」

現実逃避は最高だ。面倒《めんどう》なことを全《すべ》て忘れ去れるから。

あとがき

『原作最強のラスボスが主人公の仲間になったら?』を手に取っていただきありがとうございます。

本作は、過去に投稿したものの人気を勝ち取ることができなかった作品をリメイクして作りました。「今結構ランキングに悪役転生もの多いし、悪役転生ものにすればいけるんじゃないか?」という軽い気持ちで設定を練り直し投稿したところ、作者自身が驚くほどのスピードでランキングを駆け上がり、見事Web小説投稿サイトでランキング1位に輝きました。

しかもランキング1位を取る前にダッシュエックス文庫様から書籍化の打診をもらい、それが何と本作を投稿してからちょうど一週間後の話でした。正直、あまりにも早すぎる打診に最初は「これ迷惑メールか詐欺《さぎ》じゃね?」と思ったくらいです。本気で心配になり知り合いの編集者様に相談したりダッシュエックス文庫様を調べてみたり(実はレーベルを知らなかったので)、話を受けるまでに少し時間がかかりました。

結果的にこうしてダッシュエックス文庫様で本が出せてよかったです。内容は悪役転生ものにしてはかなりラブコメ寄りの話ですが、作者はこういった作品が書いてて一番楽しかったです。読者の皆様はどうでしたか？　少しでも楽しい、暇《ひま》を潰《つぶ》せた、そう思っていただけると私個人としては幸いです。この先も『原作最強のラスボスが主人公の仲間になったら？』が続くことを祈り、できる限り面白《おもしろ》い内容に仕上げていきたいと思います。どうか応援のほどを！

最後に、本作を書籍化してくださったダッシュエックス文庫様。ここまで一緒にアイデアを出し、様々な意見をくれた編集者様。とっても魅力的なキャラクターイラストを描いてくれたイラストレーターのfame様。手に取ってくれた読者の皆々様。心から感謝申し上げます！

反面教師

本書は、カクヨムに掲載された『原作最強のラスボスが主人公の仲間になったら？』を加筆修正したものです。

ダッシュエックス文庫

原作最強のラスボスが主人公の仲間になったら？

反面教師

2024年7月30日　第1刷発行

★定価はカバーに表示してあります

発行者　瓶子吉久
発行所　株式会社　集英社
〒101－8050　東京都千代田区一ツ橋2－5－10
03（3230）6229（編集）
03（3230）6393（販売／書店専用）03（3230）6080（読者係）
印刷所　TOPPANクロレ株式会社
編集協力　加藤 和

ISBN978-4-08-631563-0 C0193